# TRANZLATY

## El idioma es para todos

## Язык для всех

# Las Aventuras de Alicia en el País de las Maravillas

# Приключения Алисы в Стране чудес

## Lewis Carroll

## Español / Русский

# Por la madriguera del conejo
## Вниз по кроличьей норе

**Alicia empezaba a cansarse mucho**
Алиса начинала сильно уставать
**Estaba sentada junto a su hermana en el banco de hierba**
Она сидела рядом с сестрой на лужайке
**Pero ella no tenía nada que hacer**
Но делать ей было нечего
**Su hermana estaba leyendo un libro**
Ее сестра читала книгу
**una o dos veces Alicia echó un vistazo al libro**
раз или два Алиса заглядывала в книгу
**Pero el libro no contenía imágenes ni conversaciones**
Но в книге не было ни картинок, ни разговоров
**«¿De qué sirve un libro sin imágenes?», pensó Alicia**
"Что толку от книги без картинок?" - думала Алиса
**"¿Por qué un libro no tendría conversaciones?"**
«Почему в книге нет разговоров?»
**Pero tenía otras cosas que considerar**
Но у нее были и другие заботы

"Hacer una cadena de margaritas sería un placer"

«Сделать цепочку из ромашек было бы удовольствием»

"¿Pero vale la pena el esfuerzo de levantarse y recoger las margaritas?"

«Но стоит ли это усилий, чтобы встать и собрать ромашки??»

No era tan fácil pensar en esto

Об этом было не так просто подумать

porque el día la estaba haciendo sentir somnolienta y estúpida

Потому что этот день заставлял ее чувствовать себя сонной и глупой

Pero de repente sus pensamientos se vieron interrumpidos

Но внезапно ее мысли прервались

un conejo blanco de ojos rosados corrió cerca de ella

рядом с ней пробежал Белый Кролик с розовыми глазами

**No había nada demasiado notable en el conejo**

В кролике не было ничего особенного

**y Alicia tampoco pensó que el conejo fuera notable**

и Алиса тоже не считала кролика примечательным

**ni le extrañó que el Conejo hablara**

и она не удивилась, когда Кролик заговорил

**"¡Oh, Dios mío! ¡Llegaré demasiado tarde!", se dijo a sí mismo**

«О боже! Я опоздаю!» — сказал он себе

**pero entonces el Conejo hizo algo que los conejos no hacían**

но потом Кролик сделал то, чего не делали кролики

**el Conejo sacó un reloj del bolsillo de su chaleco**

Кролик вынул часы из жилетного кармана

**Miró la hora y luego se apresuró a seguir adelante**

Он посмотрел на время и поспешил дальше

**Alicia se puso en pie, asombrada**

Алиса в изумлении вскочила на ноги

**¡Nunca antes había visto un conejo con chaleco!**

Она никогда раньше не видела кролика в жилете!

**¡Tampoco había visto nunca un conejo con reloj!**

и она никогда не видела кролика с часами!

**Alicia ardía con una nueva curiosidad**

Алиса горела новым любопытством

**y corrió por el campo tras el Conejo**

и она побежала через поле за Кроликом

**Llegó justo a tiempo para ver desaparecer al conejo**

Она как раз успела увидеть, как кролик исчезает

**El conejo saltó a una gran madriguera**

Кролик спрыгнул в большую кроличью нору

**¡En otro momento, Alicia bajó detrás del conejo!**

Еще мгновение Алиса спустилась вниз за кроликом!

**La madriguera del conejo seguía recto como un túnel**

Кроличья нора шла прямо, как туннель

**Y el túnel siguió avanzando a cierta distancia**

И туннель продолжал идти на некоторое расстояние

**Y entonces el camino de repente se hundió**

И тут тропинка внезапно опустилась вниз

**Alicia no tuvo ni un momento para pensar en detenerse**

У Алисы не было ни минуты для того, чтобы остановить себя

**Se encontró a sí misma cayendo y abajo y abajo**

Она обнаружила, что падает вниз, вниз и вниз

**Parecía como si hubiera caído en un pozo muy profundo**

Казалось, что она упала в очень глубокий колодец

**O el pozo era muy profundo, o ella caía muy lentamente**

То ли колодец был очень глубоким, то ли она падала очень медленно

**porque tenía tiempo de sobra para caer**

Потому что у нее было много времени, чтобы упасть

**Mientras caía, podía mirar a su alrededor**

Когда она падала, она могла смотреть вокруг себя

**Primero, trató de averiguar a dónde iba**

Сначала она попыталась разобрать, куда идет

**Pero el pozo estaba demasiado oscuro para ver nada**

Но колодец был слишком темным, чтобы что-то разглядеть

**Luego miró a los lados del pozo**

Затем она посмотрела на стенки колодца

**Y se dio cuenta de que había armarios a su alrededor**

И она заметила, что вокруг нее стоят шкафы

**y alrededor del pozo había estanterías de libros**

А вокруг колодца стояли книжные полки

**Aquí y allá veía mapas y cuadros colgados de perchas**

То тут, то там она видела карты и картины, висящие на колышках

**Al pasar, bajó un frasco de una de las estanterías**

Проходя мимо, она сняла банку с одной из полок

**El frasco estaba etiquetado por su contenido**

На банку была нанесена маркировка по содержимому

**"MERMELADA DE NARANJAS"**

"МАРМЕЛАД ИЗ АПЕЛЬСИНОВ"

**Pero, para su gran decepción, el frasco de mermelada estaba vacío**

Но, к ее великому разочарованию, банка с мармеладом

была пуста

**No quería dejar caer el tarro de mermelada vacío**

Она не хотела ронять пустую банку из-под мармелада

**y su caída fue muy lenta**

и падение у нее было очень медленным

**Así que se las arregló para poner el frasco de mermelada en uno de los armarios**

Поэтому ей удалось положить баночку с мармеладом в один из шкафов

**¡Abajo, abajo, abajo, ella cae!**

Вниз, вниз, вниз она падает!

**¿Llegaría alguna vez la caída a su fin?**

Закончится ли когда-нибудь падение?

**No había nada más que hacer**

Делать было нечего

**así que Alicia pronto empezó a hablar consigo misma**

поэтому Алиса вскоре начала разговаривать сама с собой

**—¡Dinah me echará mucho de menos esta noche, creo!**

— Думаю, Дина будет очень скучать по мне сегодня вечером!

**Dinah era la gata de Alicia**

Дина была кошкой Алисы

**"Espero que se acuerden de su plato de leche a la hora del té"**

«Надеюсь, они вспомнят ее блюдце с молоком во время чаепития»

**—¡Dinah, querida, desearía que estuvieras aquí abajo conmigo!**

— Дина, моя дорогая, как бы я хотела, чтобы ты была здесь со мной!

**Alicia sintió que se estaba quedando dormida**

Алиса почувствовала, что задремлет

**Y de repente, ¡pum! ¡golpe!**

И тут вдруг, бах! бухать!

**Cayó sobre un montón de palos**

Она упала вниз на кучу палок

**y aterrizó sobre un montón de hojas secas**

И она приземлилась на кучу сухих листьев

**Y finalmente la larga caída por el agujero había terminado**

И, наконец, долгое падение в яму закончилось

**Alicia no estaba herida en lo más mínimo**

Алиса ничуть не обиделась

**Y se levantó de un salto en un momento**

И она вскочила в мгновение ока

**Alzó la vista, pero todo estaba oscuro sobre su cabeza**

Она подняла глаза, но над головой было темно

**Frente a ella había otro largo pasillo**

Перед ней был еще один длинный коридор

**y el Conejo Blanco seguía a la vista**

а Белый Кролик все еще был в поле зрения

**Corría por el pasillo**

Он спешил по коридору

**No había un momento que perder**

Нельзя было терять ни минуты

**Alicia salió corriendo como el viento**

Алиса побежала, как ветер

**A la vuelta de la esquina giró el conejo**

За углом обернулся кролик

**Llegó justo a tiempo para oír al conejo**

Она как раз успела услышать крик кролика

**"Oh, mis orejas y bigotes"**

«О, мои уши и усы»

**"¡Qué tarde se está haciendo!"**

«Как уже поздно!»

**Estaba muy cerca del conejo**

Она была близко позади кролика

**Dobló otra esquina**

Она завернула за другой угол

**pero el Conejo ya no se dejaba ver**

но Кролика больше не было видно

**Se encontró en un pasillo largo y bajo**

Она очутилась в длинном низком зале

**La sala estaba iluminada por una hilera de lámparas de techo**

Зал освещался рядом потолочных светильников

**Había puertas por todo el pasillo**

По всему залу были двери

**pero todas las puertas estaban cerradas con llave**

но все двери были заперты

**Caminó por un lado del pasillo**

Она прошла весь путь по одной стороне зала

**Y ella había caminado todo el camino hasta el otro lado de la sala**

и она прошла весь путь вверх по другой стороне зала

**Había intentado todas las puertas**

Она перепробовала каждую дверь

**Y caminó tristemente por el centro del pasillo**

И она грустно пошла по середине зала

**"¿Cómo voy a volver a salir?"**

«Как я когда-нибудь выйду из дома?»

**De repente se encontró con una mesita**

Вдруг она наткнулась на маленький столик

**La mesa estaba hecha completamente de vidrio macizo**

Стол был полностью изготовлен из цельного стекла

**No había nada sobre la mesa, excepto una pequeña llave dorada**

На столе не было ничего, кроме крошечного золотого ключика

**¡La llave podría pertenecer a una de las puertas!**
Ключ может принадлежать одной из дверей!
**Pero, ¡ay! Algunas de las cerraduras eran demasiado grandes para las llaves**
Но, увы! Некоторые замки были слишком велики для ключей
**y para las otras cerraduras la llave era demasiado pequeña**
а для других замков ключ был слишком мал
**Pero, en cualquier caso, la llave no abrió ninguna de las puertas**
Но, во всяком случае, ключ не открывал ни одной из дверей
**Pero, ¿qué iba a hacer ella?**
Но что ей было делать?
**Volvió a atravesar el pasillo**
Она снова прошла по залу
**Y esta vez se fijó en una cortina baja**
И на этот раз она обратила внимание на низкую занавеску
**Detrás de la cortina había una puertecita**
За занавеской была маленькая дверца
**La puerta tenía unos quince centímetros de alto**
Дверь была около пятнадцати дюймов в высоту
**Probó la pequeña llave dorada en la cerradura**
Она попробовала маленький золотой ключик в замке
**Y para su gran deleite, ¡la llave encajó en la cerradura!**
И, к ее великому удовольствию, ключ подошел к замку!
**Alicia abrió la puerta**
Алиса открыла дверь
**Y encontró que la puerta daba a un pequeño pasillo**
и она обнаружила, что дверь ведет в небольшой коридор
**El corredor no era mucho más grande que una madriguera de ratas**
Коридор был не больше крысиной норы
**Se arrodilló y miró a lo largo del pasillo**
Она опустилась на колени и посмотрела по коридору

**Y ella vio el jardín más hermoso que jamás hayas visto**

И она увидела самый прекрасный сад, который ты когда-либо видел

**¡Cómo anhelaba salir de ese oscuro salón**

Как ей хотелось выбраться из этого темного зала

**cómo quería vagar entre esas flores brillantes**

Как ей хотелось побродить среди этих ярких цветов

**¡Qué genial se veían esas fuentes**

Как круто освежающие выглядели эти фонтаны

**Pero ni siquiera podía meter la cabeza por la puerta**

Но она даже не могла просунуть голову в дверной проем

**-¡Oh! -exclamó Alicia con tristeza-**

-- О-о, -- печально сказала Алиса

**"¡Cómo desearía poder plegarme como un telescopio!"**

«Как бы мне хотелось сложиться, как телескоп!»

**"Creo que podría plegarme como un telescopio"**

«Думаю, я мог бы сложиться, как телескоп»

**"Si supiera cómo empezar"**

«Если бы я только знал, с чего начать»

**Alicia volvió a la mesa**

Алиса вернулась к столу

**Existía la posibilidad de encontrar otra llave**

Был шанс найти еще один ключ

**O podría haber un libro de reglas**

Или может быть книга правил

**El libro podría decirle cómo plegarse como un telescopio**

Книга могла бы рассказать ей, как складываться, как в телескоп

**Esta vez encontró una botellita**

На этот раз она нашла маленькую бутылочку

**—Esta botella no estaba aquí antes —dijo Alicia—**

— Этой бутылки здесь точно не было, — сказала Алиса

**y atada alrededor del cuello de la botella había una etiqueta de papel**

А вокруг горлышка бутылки была завязана бумажная этикетка

**La etiqueta estaba bellamente impresa en letras grandes**

Этикетка была красиво напечатана крупными буквами
**"BÉBEME"**
«ВЫПЕЙ МЕНЯ»
**—No, miraré primero —dijo ella—**
«Нет, я сначала посмотрю», — сказала она
**"Veré si la botella está marcada como venenosa o no"**
«Я посмотрю, помечена ли бутылка как ядовитая или нет».
**porque nunca olvidó la lección sobre el veneno**
Потому что она никогда не забывала урок о яде
**"Si una botella está etiquetada como venenosa, es probable
que no esté de acuerdo contigo"**
«Если бутылка помечена как ядовитая, она обязательно с
вами не согласится»
**Sin embargo, esta botella no estaba marcada como venenosa**
Однако эта бутылка не была помечена как ядовитая
**así que Alicia se aventuró a probar el contenido de la botella**
поэтому Алиса отважилась попробовать содержимое
бутылки
**Encontró el líquido bastante de su agrado**
Она обнаружила, что жидкость ей вполне по душе
**La bebida tenía una especie de sabor mezclado**
Напиток имел своего рода смешанный вкус
**tarta de cerezas, natillas y piña**
вишневый пирог, заварной крем и ананас
**Pavo asado, caramelo y tostadas con mantequilla caliente**
Жареная индейка, ириски и тосты с горячим сливочным
маслом
**Y pronto acabó la botella**
И вскоре она допила бутылку
**-¡Qué sensación tan curiosa! -exclamó Alicia-**
- Какое любопытное чувство, - сказала Алиса
**"¡Me estoy pliegando como un telescopio!"**
«Я складываюсь, как телескоп!»
**¡Y se estaba pliegando como un telescopio!**
И она действительно складывалась, как телескоп!
**Ahora solo medía diez pulgadas de alto**
Теперь она была всего десять дюймов в высоту

**y su rostro se iluminó con sus pensamientos**

и лицо ее просветлело от ее мыслей

**Ahora ella tenía el tamaño adecuado para la pequeña puerta**

Теперь она была подходящего размера для маленькой дверцы

**Ahora podía entrar en ese hermoso jardín**

Теперь она могла пойти в этот прекрасный сад

**Pronto dejó de hacerse más pequeña**

Вскоре она перестала становиться меньше

**Decidió ir al jardín de inmediato**

Она решила немедленно отправиться в сад

**pero, ¡ay de la pobre Alicia!**

но, увы бедной Алисе!

**Llegó a la puerta**

Она добралась до двери

**Pero había olvidado la pequeña llave de oro**

Но она забыла маленький золотой ключик

**Volvió a la mesa en busca de la llave**

Она вернулась к столу за ключом

**Pero se dio cuenta de que no podía llegar lo suficientemente alto**

Но она обнаружила, что не может подняться достаточно высоко

**Podía ver la llave claramente a través del cristal**

Через стекло она могла ясно видеть ключ

**Trató de trepar por las patas de la mesa**

Она попыталась забраться на ножки стола

**Pero el cristal era demasiado resbaladizo**

Но стекло было слишком скользким

**Con el tiempo se cansó de intentarlo**

В конце концов она утомила себя попытками

**Y la pobre niña se sentó y lloró**

А бедная девочка села и заплакала

**Alicia se habló a sí misma con bastante brusquedad**

Алиса говорила сама с собой довольно резко

**"¡Vamos, no sirve de nada llorar así!"**

— Ну, нечего так плакать!

"¡Te aconsejo que te detengas ahora mismo!"

«Я советую вам остановиться прямо сейчас!»

**En general, se daba muy buenos consejos**

Она вообще давала себе очень хорошие советы

**aunque muy rara vez seguía sus propios consejos**

хотя она очень редко следовала своим собственным советам

**Y a veces era demasiado dura consigo misma**

и иногда она была слишком сурова к себе

**y sus palabras hicieron que se le llenaran los ojos de lágrimas**

и ее слова вызвали слезы на ее глазах

**Pronto sus ojos se posaron en una cajita de cristal**

Вскоре ее взгляд упал на маленькую стеклянную коробочку

**La cajita de cristal estaba debajo de la mesa**

Маленькая стеклянная коробочка лежала под столом

**En la caja de cristal había un pastel muy pequeño**

В стеклянной коробке лежал очень маленький торт

**En el pastel, algunas palabras estaban bellamente escritas**

На торте были красиво написаны некоторые слова

**Las palabras habían sido marcadas con grosellas**

Эти слова были помечены смородиной

**"CÓMEME"**

«СЪЕШЬ МЕНЯ»

**—Bueno, me comeré el pastel —dijo Alicia—**

-- Ну, я съем торт, -- сказала Алиса

**"y si el pastel me hace crecer, puedo llegar a la llave"**

«И если торт заставит меня вырасти больше, я смогу добраться до ключа»

**"y si el pastel me hace más pequeño, puedo arrastrarme por debajo de la puerta"**

"И если торт заставит меня стать меньше, я могу пролезть под дверь"

**"así que de cualquier manera me meteré en el jardín"**

«Так что в любом случае я пойду в сад»

**"¡Y no me importa cuál de los dos suceda!"**

— И мне все равно, что из этого произойдет!

**Se comió un pedacito del pastel**

Она съела немного торта

**Y se habló a sí misma con ansiedad:**

И она с тревогой говорила про себя:

**—¿De qué manera? ¿Hacia dónde?**

— В какую сторону? В какую сторону?

**Y se llevó la mano a la cabeza**

и она держала руку на голове

**Quería sentir de qué manera estaba creciendo**

Она хотела почувствовать, в каком направлении она растет

**Se sorprendió bastante al descubrir lo que había sucedido**

Она была весьма удивлена, узнав, что произошло

**¡Había permanecido del mismo tamaño!**

Она осталась того же размера!

**Así que esta vez redobló sus esfuerzos**

Так что на этот раз она удвоила свои усилия

**Y pronto terminó todo el pastel**

И вскоре она доела весь торт

## El charco de lágrimas

Лужа слез

-¡Esto se está poniendo cada vez más interesante! -exclamó Alicia-

"Это становится все интереснее и интереснее!" - воскликнула Алиса

**Se puede ver que estaba muy sorprendida**

Вы можете видеть, что она была очень удивлена

**"¡Me estoy abriendo como el telescopio más grande que jamás haya existido!"**

«Я открываюсь, как самый большой телескоп, который когда-либо был!»

**—¡Adiós, pies! ¡Oh, mis pobres piecitos!**

— До свидания, ноги! О, мои бедные маленькие ножки!»

**"Me pregunto quién se pondrá sus zapatos por ustedes ahora, queridos".**

— Интересно, кто теперь наденет для вас туфли, дорогие?

**—¿Y me pregunto quién se pondrá las medias?**

— А интересно, кто наденет твои чулки?

**"Estaré demasiado lejos"**

«Я буду слишком далеко»

**"No podré preocuparme más por ti"**

«Я больше не смогу беспокоиться о тебе»

**Justo en ese momento su cabeza golpeó contra algo**

Как раз в этот момент ее голова ударилась обо что-то

**Había llegado al techo de la sala**

Она добралась до крыши зала

**De hecho, ahora medía más de dos metros de altura**

На самом деле ее рост был уже более двух метров

**Y al instante tomó la pequeña llave de oro**

И она тотчас же взяла маленький золотой ключик

**Y se apresuró a llegar a la puerta del jardín**

И она поспешила к садовой двери

**¡Pobre Alicia! No había mucho que pudiera hacer**

Бедная Алиса! Она мало что могла сделать

**Se acostó de lado**

она легла на бок

**Y miró al jardín con un ojo**

и она смотрела в сад одним глазом

**Pero salir adelante era más desesperado que nunca**

Но прорваться было как никогда безнадежно

**Se sentó y comenzó a llorar de nuevo**

Она села и снова заплакала

**Siguió derramando galones de lágrimas**

Она продолжала проливать галлоны слез

**Pronto había un gran estanque a su alrededor**

Вскоре вокруг нее образовался большой бассейн

**Y el agua llegaba hasta la mitad del pasillo**

и вода доходила до половины коридора

**Al cabo de un rato, oyó un pequeño golpeteo de pies**

Через некоторое время она услышала легкий топот ног

**Oyó los pasos que venían de lejos**

Она слышала издалека шаги

**Y se secó los ojos apresuradamente para ver lo que venía**

и она поспешно вытерла глаза, чтобы увидеть, что произойдет

**Era el Conejo Blanco que regresaba**

Это было возвращение Белого Кролика

**Iba espléndidamente vestido**

Он был великолепно одет

**Tenía un par de guantes blancos en una mano**

В одной руке у него была пара белых перчаток

**y tenía un gran abanico de plumas en la otra mano**

а в другой руке у него был большой веер из перьев

**Llegó trotando a toda prisa**

Он бежал рысью в большой спешке

**y murmuró para sí: "¡Oh! ¡La duquesa, la duquesa!**

и он пробормотал про себя: «О! Герцогиня, герцогиня!

**—¡Oh! ¡No será salvaje si la he hecho esperar!**

— О! Не будет ли она дикой, если я заставлю ее ждать!

**Cuando el Conejo se acercó a ella, Alicia habló**

Когда Кролик подошел к ней, Алиса заговорила

**Pero ella hablaba en voz baja y tímida**

но она говорила тихим, робким голосом

**"Señor, por favor, deje de hacer lo que está haciendo por un momento"**

«Сэр, пожалуйста, прекратите то, что вы делаете, на мгновение»

**El Conejo se sobresaltó violentamente**

Кролик сильно вздрогнул

**Dejó caer los guantes blancos y el abanico de plumas**

Он сбросил белые перчатки и веер из перьев

**Y se escabulló en la oscuridad lo más rápido que pudo**

И он помчался прочь в темноту так быстро, как только мог

**Alicia recogió el abanico de plumas y los guantes**

Алиса взяла веер из перьев и перчатки

**Y no paraba de abanicarse mientras seguía hablando**

И она продолжала обмахиваться веером, продолжая говорить

**"¡Querido, querido! ¡Qué extraño es todo hoy!"**

«Милый, милый! Как странно все сегодня!»
**"Ayer las cosas siguieron como siempre"**
«Вчера все шло своим чередом»
**— ¿Era yo el mismo cuando me levanté esta mañana?**
«Я был таким же, когда встал сегодня утром?»
**"Pero si no soy el mismo, hay otra cuestión"**
«Но если я не такой, то есть другой вопрос»
**"¿Quién demonios soy yo?"**
«Кто я такой?»
**"¡Ah, ese es el gran rompecabezas!"**
«, вот в чем великая головоломка!»
**Al decir esto, se miró las manos**
Сказав это, она посмотрела на свои руки
**Llevaba uno de los Conejos, gusanos blancos**
На ней была одна из маленьких белых перчаток кролика
**No se había dado cuenta de que se había puesto el guante mientras hablaba**
Она не заметила, как надела перчатку во время разговора
**"¿Cómo pude haber hecho eso?", pensó**
«Как я могла это сделать?» — подумала она
**"Debo estar haciéndome pequeño otra vez"**
«Должно быть, я снова становлюсь маленьким»
**Se levantó y se acercó a la mesa para medir su altura**
Она встала и подошла к столу, чтобы измерить свой рост
**Descubrió que ahora medía aproximadamente medio metro de altura**
Она обнаружила, что теперь ее рост составляет около полуметра
**Y ella seguía encogiéndose rápidamente**
и она все еще быстро уменьшалась
**Pronto descubrió cuál era la causa del encogimiento**
Вскоре она узнала, в чем причина усадки
**¡El abanico de plumas la estaba haciendo más pequeña de nuevo!**
Веер из перьев снова делал ее меньше!
**Y dejó caer el abanico de plumas apresuradamente**
И она поспешно выронила веер из перьев

**Dejó caer el abanico de plumas justo a tiempo para salvarse**

Она уронила веер из перьев как раз вовремя, чтобы спасти себя

**Si se hubiera abanicado por más tiempo, se habría encogido por completo**

Если бы она еще больше обмахивалась веером, то совсем отпрянула бы

**-¡Ha sido una fuga por los pelos! -dijo Alicia-**

"Это было чудом спасшееся!" - сказала Алиса

**Y se asustó mucho ante el cambio repentino**

и она была очень напугана внезапной переменой

**pero estaba muy contenta de encontrarse todavía en existencia**

но она была очень рада, что все еще существует

**—¡Y ahora, al jardín!**

— А теперь в сад!

**Y corrió a toda prisa hacia la puertecita**

И она со всей скоростью побежала обратно к маленькой дверце

**Pero, ¡ay! La puertecita se cerró de nuevo**

Но, увы! Маленькая дверца снова захлопнулась

**Y la pequeña llave de oro volvía a estar sobre la mesa de cristal**

И маленький золотой ключик снова лежал на стеклянном столике

**"Las cosas están peor que nunca", pensó el pobre niño**

«Дела обстоят хуже, чем когда-либо, – думал бедный ребенок

**"Nunca antes había sido tan pequeño como esto, ¡nunca!"**

«Я никогда раньше не был таким маленьким, никогда!»

**Al decir estas palabras, su pie resbaló**

Когда она произнесла эти слова, ее нога соскользнула

**¡Y en otro momento hubo un gran chapoteo!**

И в следующий момент раздался большой всплеск!

**Estaba sumergida en agua salada hasta la barbilla**

Она была по подбородок в соленой воде

**Su primera idea fue que de alguna manera había caído al**

mar

Ее первой мыслью было то, что она каким-то образом упала в море

**Sin embargo, pronto se dio cuenta de en qué estaba metida**

Однако вскоре она поняла, во что попала

**Estaba en un charco de lágrimas**

Она была в луже слез

**las lágrimas que había llorado cuando tenía dos metros de altura**

слезы, которые она выплакала, когда была ростом два метра

**Justo en ese momento escuchó algo**

В этот момент она что-то услышала

**Algo chapoteaba en la piscina**

Что-то плескалось в бассейне

**El chapoteo venía de un poco más lejos**

Брызги доносились издалека

**Y se acercó nadando para ver qué era el chapoteo**

и она подплыла ближе, чтобы посмотреть, что это за плеск

**Pronto vio que era solo un ratoncito**

Вскоре она увидела, что это всего лишь маленькая мышка

**El ratoncito también se había metido en el agua**

Мышонок тоже соскользнул в воду

**Alicia pensó para sí misma sobre la situación**

Алиса задумалась про себя о сложившейся ситуации

**—¿Serviría de algo hablar con este ratón?**

— Будет ли толку говорить с этой мышью?

**"Aquí todo está tan al revés"**

«Здесь все так перевернуто с ног на голову»

**"Creo que es muy probable que este ratón pueda hablar"**

«Я думаю, очень вероятно, что эта мышь может говорить»

**"En cualquier caso, no hay nada de malo en intentarlo"**

«Во всяком случае, нет ничего плохого в том, чтобы попытаться»

**Así que empezó a tratar de hablar con el ratón**

Поэтому она начала пытаться разговаривать с мышкой

**"Oh Ratón, ¿conoces la forma de salir de esta piscina?"**

— О, Мышонок, ты знаешь, как выбраться из этого бассейна?

**—¡Estoy muy cansado de nadar por aquí, oh ratón!**

— Мне очень надоело плавать здесь, о Мышонок!

**El ratón la miró con curiosidad**

Мышка посмотрела на нее довольно пытливо

**El ratón parecía guiñar un ojo con uno de sus ojitos**

Мышка, казалось, подмигнула одним из своих маленьких глазков

**Pero el ratoncito no dijo nada**

Но мышонок ничего не сказал

**"A lo mejor el ratón no entiende inglés", pensó Alicia**

"Может быть, мышка не понимает по-английски, - подумала Алиса

**"Me atrevo a decir que es un ratón francés"**

«Осмелюсь сказать, что это французская мышь»

**"tal vez este ratón vino con Guillermo el Conquistador"**

«Возможно, эта мышь перешла вместе с Вильгельмом Завоевателем»

**Así que empezó de nuevo, en francés**

Поэтому она начала снова, по-французски

**"¿Dónde está mi gato?", preguntó en francés**

«Где моя кошка?» — спросила она по-французски

**era la primera frase de su libro de clases de francés**

это было первое предложение в ее учебнике французского языка

**El Ratón dio un súbito salto fuera del agua**

Мышка резко выпрыгнула из воды

**y el ratón pareció temblar de miedo**

И мышь, казалось, дрожала всем телом от страха

**-¡Oh, le ruego que me perdone! -exclamó Alicia apresuradamente-**

-- О, прошу прощения, -- поспешно воскликнула Алиса

**Temía haber herido los sentimientos del pobre animal**

Она боялась, что задела чувства бедного животного

**"Olvidé que no te gustaban los gatos"**

«Я совсем забыла, что ты не любишь кошек»

**—¡No me gustan los gatos! —exclamó el ratón con voz estridente y apasionada—**

"Я не люблю кошек!" - закричала Мышка пронзительным, страстным голосом

**—¿Te gustaría tener gatos, si fueras yo?**

— Ты бы хотел кошек на моем месте?

**Alicia consoló al ratón en un tono tranquilizador**

Алиса успокаивающим тоном успокаивала мышку

**"Bueno, tal vez a mí tampoco me gustarían los gatos si fuera tú"**

«Ну, возможно, я бы на вашем месте тоже не любил кошек»

**"Por favor, no te enfades por la mención de los gatos"**

«Пожалуйста, не сердитесь из-за упоминания о кошках»

**"Y, sin embargo, desearía poder mostrarte a nuestra gata Dinah"**

«И все же я хотел бы показать вам нашу кошку Дину»

"Si la conocieras, creo que te encapricharías de los gatos"

«Если бы вы встретили ее, я думаю, вы бы полюбили кошек»

"Si tan solo pudieras verla"

«Если бы ты только мог ее видеть»

"Es una cosa tan querida y tranquila"

«Она такая милая, тихая штучка»

**El ratón temblaba por todas partes**

Мышь дрожала всем телом

**Alicia estaba segura de que el ratón debía de estar realmente ofendido**

Алиса была уверена, что мышка, должно быть, действительно обиделась

"No hablaremos más de ella, si prefieres no hacerlo"

«Мы больше не будем о ней говорить, если вы не хотите»

**-¡Nosotros, en efecto! -exclamó el Ratón-**

"Мы!" - закричала Мышь

**El ratón temblaba hasta la punta de la cola**

Мышь дрожала до конца хвоста

**—¡Como si fuera a hablar de un tema así!**

— Как будто бы я стал говорить на такую тему!

"Nuestra familia siempre odió a los gatos"

«Наша семья всегда ненавидела кошек»

"Gatos; ¡Cosas desagradables, bajas, vulgares!"

«Кошки; мерзкие, низкие, пошлые вещи!»

"¡No dejes que vuelva a escuchar el nombre!"

«Не позволяй мне больше слышать это имя!»

**-¡No volveré a hablar de los gatos! -dijo Alicia-**

"Я больше не буду упоминать о кошках!" - сказала Алиса

**Tenía mucha prisa por cambiar de tema**

Она очень спешила сменить тему

"¿Eres tú... ¿Te gustan los perros?

«Ты... Вы любите собак?

**"Hay un perrito tan simpático cerca de nuestra casa"**

«Рядом с нашим домом живет такая милая маленькая собачка»,

**—¡Me gustaría enseñarte el perrito!**

— Я хотел бы показать вам маленькую собачку!
**"Este perrito mata a todas las ratas y...**
«Эта маленькая собачка убивает всех крыс и...
**-¡Oh, querida! -exclamó Alicia en tono triste-**
-- воскликнула Алиса печальным тоном
**"¡Me temo que te he ofendido de nuevo!"**
«Боюсь, я снова обидел тебя!»
**El ratón se alejaba nadando de ella tan rápido como podía**
Мышь уплыла от нее так быстро, как только могла
**y el ratón hizo un gran alboroto en la piscina**
А мышка устроила настоящий переполох в бассейне
**Así que llamó suavemente al ratón**
Поэтому она тихо позвала мышку вслед
**"¡Mi querido ratón, por favor vuelve!"**
«Моя дорогая мышка, пожалуйста, возвращайся!»
**"Y no hablaremos de gatos"**
"И мы не будем говорить о кошках"
**"Y tampoco tenemos que hablar de perros"**
«И про собак нам тоже не приходится»
**Cuando el ratón escuchó esto, se dio la vuelta**
Когда мышь услышала это, она обернулась
**Y el ratoncito nadó lentamente de regreso a ella**
И мышонок медленно подплыл к ней
**La cara del ratón estaba bastante pálida**
Мордочка мыши была довольно бледной
**Y el ratón habló, en voz baja y temblorosa**
И мышь заговорила низким, дрожащим голосом
**"Vamos a la orilla"**
«Давайте выйдем на берег»
**"y luego te contaré mi historia"**
"А потом я расскажу вам свою историю"
**"y entenderás por qué odio a los gatos y a los perros"**
«И ты поймешь, почему я ненавижу кошек и собак»
**Ya era hora de partir**
Пришло время уезжать
**porque la piscina se estaba llenando bastante**
Потому что бассейн становился довольно переполненным

**Otros pájaros y animales habían caído en el estanque**
В бассейн упали другие птицы и звери
**había un pato y un dodo**
там были Утка и Дронт
**y había un pájaro lori y un aguilucho**
и там была птица Лори и орленок
**Y había varias otras criaturas de aspecto interesante**
И было еще несколько интересных на вид существ
**Alicia abrió el camino para salir de la piscina**
Алиса вела к выходу из бассейна
**Y todo el grupo de animales nadó hasta la orilla**
и вся группа зверей поплыла к берегу

# Una carrera de caucus y una larga cola

Гонка кокусов и длинный хвост

**De hecho, eran un grupo de animales de aspecto gracioso**

Это действительно была забавно выглядящая кучка животных

**Y todos se reunieron a la orilla del agua**

и все они собрались на берегу воды

**Todos los pájaros tenían las plumas desaliñadas**

У всех птиц были потрепанные перья

**y los animales peludos estaban empapados**

и пушистые зверьки промокли насквозь

**y todos estaban empapados, molestos e incómodos**

и все были мокрыми, раздраженными и неудобными

**Había una pregunta que había que responder primero**

Был один вопрос, на который нужно было ответить в первую очередь

**¿Cuál es la mejor manera de que todos se sequen?**

Как лучше всего высохнуть каждому?

**Tuvieron una consulta sobre este asunto**

Они провели консультацию по этому поводу

**Pronto todos se sintieron en términos familiares**

Вскоре все они были в знакомых отношениях

**Era como si los conociera de toda la vida**

Как будто она знала их всю свою жизнь

**El ratón parecía ser una persona de cierta autoridad**
мышка казалась человеком с каким-то авторитетом
**"¡Siéntense todos y escúchenme!**
«Садитесь, все вы, и слушайте меня!
**"¡Pronto los volveré a secar!"**
«Я скоро снова заставлю вас всех высохнуть!»
**Se sentaron todos a la vez, en un gran círculo**
Они сели все сразу, в большой круг
**y el ratoncito se sentó en el medio**
а мышонок сидел посередине
**—¡Ejem! —dijo el ratón con aire importante—**
"Кхм!" - сказала мышка с важным видом
**"¿Están todos listos?"**
— Вы все готовы?
**"Esto es lo más seco que conozco"**
«Это самая сухая вещь, которую я знаю»
**—¡Silencio por todas partes, por favor!**
— Тишина вокруг, если позволите!
**"Guillermo el Conquistador fue favorecido por el Papa"**
«Вильгельм Завоеватель пользовался благосклонностью
Папы Римского»
**"pero pronto fue sometido por los ingleses"**
"но вскоре англичане подчинились ему"
**"Últimamente querían líderes"**
«В последнее время им нужны были лидеры»
**"Y se habían acostumbrado al poder y a la conquista"**
«И они привыкли к силе и завоеваниям»
**"Edwin y Morcar, los condes de Mercia y Northumbria"**
"Эдвин и Моркар, графы Мерсии и Нортумбрии"
**—¡Uf! —exclamó el pájaro lori con un escalofrío—**
"Тьфу!" - сказала птица лори с дрожью
**"e incluso Stigand, el patriota arzobispo de Canterbury"**
"и даже Стиганд, патриотически настроенный
архиепископ Кентерберийский"
**"A él también le pareció aconsejable"**
«Он также счел это целесообразным»
**-¿Qué le pareció aconsejable? -dijo el pato-**

"Что он счел целесообразным?" - спросила утка
—Le pareció aconsejable —replicó el ratón con cierto enfado—
— Он счел это целесообразным, — довольно сердито ответила мышка
**Pero el pato no estaba satisfecho**
Но утка осталась недовольна
**"Por supuesto, ya sabes lo que significa"**
«Конечно, вы знаете, что означает «это»
—**Sé lo que es cuando encuentro una cosa** —dijo el pato—
— Я понимаю, что это такое, когда нахожу что-нибудь, — сказала утка
**"Generalmente es una rana o un gusano"**
"это вообще лягушка или червь"
**"La pregunta es, ¿qué encontró el arzobispo?"**
«Вопрос в том, что нашел архиепископ?»
**El ratón no se dio cuenta de esta pregunta**
Мышка не заметила этого вопроса
**En cambio, el ratón continuó apresuradamente con el discurso**
Вместо этого мышка поспешно продолжила речь
**"le pareció aconsejable ir con Edgar Atheling"**
«Он счел целесообразным поехать с Эдгаром Ателингом»
**"para encontrarme con Guillermo y ofrecerle la corona"**
«встретиться с Вильгельмом и предложить ему корону»
**el ratón continuó, volviéndose hacia Alicia mientras hablaba**
— продолжила мышь, поворачиваясь к Алисе
—**¿Cómo te va ahora, querida?**
— Как ты поживаешь, моя дорогая?
—**Tan mojado como siempre** —dijo Alicia en tono melancólico—
-- Мокрая, как всегда, -- сказала Алиса меланхоличным тоном
**"Esta historia no parece que me seque en absoluto"**
«Эта история, кажется, меня совсем не сушит»
—**En ese caso** —dijo solemnemente el dodo, poniéndose en pie—

— В таком случае, — торжественно сказал дронт, поднимаясь на ноги

**"Voto que se levante la sesión"**

«Я голосую за то, чтобы заседание было закрыто»

**"y propongo la adopción inmediata de remedios más enérgicos"**

«и я предлагаю немедленно принять более энергичные меры»

**—¡Di palabras de verdad! —dijo el aguilucho—**

"Говори настоящие слова!" - сказал орленок

**"No conozco el significado de la mitad de esas palabras largas"**

«Я не знаю значения половины этих длинных слов»

**—¡Y, lo que es más, tampoco creo que tú lo sepas!**

— И, более того, я не верю, что вы тоже знаете!

**—Lo que iba a decir —dijo el dodo en tono ofendido—**

— Что я собирался сказать, — сказал дронт обиженным тоном

**"Lo mejor para deshacernos sería una contienda electoral"**

«Лучшее, что можно было бы сделать для того, чтобы мы выдохлись, — это предвыборное собрание»

**—¿Qué es una contienda electoral? —preguntó Alicia**

"Что такое партийная гонка?" - спросила Алиса

—Bueno —dijo el dodo—, la mejor manera de explicarlo es hacerlo.

«Ну, — сказал дронт, — лучший способ объяснить это — сделать это».

**"Primero el dodo trazó un hipódromo"**

«Сначала дронт наметил ипподром»

**"La pista estaba en una especie de círculo"**

«Трасса была в каком-то круге»

**"Y luego todo el grupo se colocó a lo largo del recorrido"**

"А потом вся партия была расставлена по курсу"

**No hubo "¡Uno, dos, tres y fuera!"**

Не было никакого «Раз, два, три и прочь!»

**pero empezaron a correr cuando quisieron**

Но они начинали бегать, когда им нравилось

**Y también terminaban cuando querían**

И они тоже заканчивали, когда им нравилось

**Así que no era fácil saber cuándo había terminado la carrera**

Поэтому было нелегко понять, когда гонка закончилась

**Después de media hora más o menos de correr, todos estaban bastante secos**

Через полчаса или около того бега все они были совершенно сухими

**el dodo gritó de repente: "¡La carrera ha terminado!"**

дронт вдруг закричал: «Гонка окончена!»

**Y todos se agolparon alrededor del dodo**

И все они столпились вокруг дронта

**Todos los animales jadeaban y resoplaban**

Все животные тяжело дышали и пыхтели

**y todos querían saber: "¿Pero quién ha ganado?"**

и все они хотели знать: «Но кто же победил?»

**El dodo no pudo responder de inmediato a esta pregunta**

На этот вопрос дронт не смог сразу ответить

**Primero tuvo que pensar mucho**

Сначала ему пришлось много думать

**Después de pensarlo mucho, el Dodo finalmente habló**

После долгих раздумий дронт наконец заговорил

**"Todos han ganado y todos deben tener premios"**

«Все выиграли, и у всех должны быть призы»
**"¿Pero quién va a dar los premios?", preguntó un coro de voces**
«Но кто же будет вручать призы?» — спросил хор голосов
**—Bueno, ella, por supuesto —dijo el dodo—**
— Ну, конечно, она, — сказал дронт
**y el dodo señaló con un dedo a Alicia**
и дронт указал одним пальцем на Алису
**y todo el grupo de animales se agolpó a su alrededor**
и вся компания животных столпилась вокруг нее
**gritaron, de manera confusa: "¡Premios! ¡Premios!"**
они смущенно кричали: «Призы! Призы!»
**Alicia no tenía ni idea de qué hacer**
Алиса понятия не имела, что делать
**Desesperada, se metió la mano en el bolsillo**
В отчаянии она сунула руку в карман
**Y sacó una caja de dulces**
И она вытащила коробку со сладостями
**Por suerte, el agua salada no había entrado en la caja**
К счастью, соленая вода не попала в ящик
**Y repartió los dulces como premios**
И она раздавала сладости в качестве призов
**Había exactamente una pieza para todos**
Там была ровно одна штука на каждого
**Lo siguiente que tenían que hacer era comer los dulces**
Следующее, что им нужно было сделать, это съесть сладости
**Esto causó algo de ruido y confusión**
Это вызвало некоторый шум и неразбериху
**Los grandes pájaros se quejaban de que no podían saborear sus dulces**
Большие птицы жаловались, что не могут попробовать свои сладости
**Los pequeños se ahogaron y hubo que darles palmaditas en la espalda**
Маленькие задыхались, и их приходилось гладить по спине

**Sin embargo, al fin se acabó**

Однако в конце концов все было кончено

**y se sentaron de nuevo en un anillo**

и они снова сели в кольцо

**Y le rogaron al ratón que les dijera algo más**

И они умоляли мышку рассказать им что-нибудь еще

**—Prometiste contarme tu historia, ¿sabes? —dijo Alicia—**

— Знаешь, ты обещал рассказать мне свою историю, — сказала Алиса

**E hizo otro pequeño comentario sobre los gatos en un susurro**

И она шепотом сделала еще одно маленькое замечание о кошках

**No quería volver a ofender al ratón**

Она не хотела лишний раз обижать мышку

**el ratoncito se volvió hacia Alicia y suspiró**

мышонок повернулся к Алисе и вздохнул

**—¡La mía es una larga y triste historia!**

«Моя история длинная и грустная!»

**—Es una cola larga, sin duda —dijo Alicia—**

- Конечно, это длинный хвост, - сказала Алиса

**Y miró con asombro la cola del ratón**

И она с удивлением посмотрела вниз на хвост мыши

**—¿Pero por qué le llamas cola triste?**

— Но почему ты называешь это грустным хвостом?

**Y ella seguía desconcertada al respecto mientras el ratón hablaba**

И она продолжала ломать голову, пока мышь говорила

**de modo que su idea del cuento era más o menos así**

так что ее представление о сказке было примерно таким

"Fury said to
a mouse, That
he met in the
house, 'Let
us both go
to law: *I*
will prosecute
*you.*——
Come, I'll
take no denial:
We must have
the trial;
For really
this morning
I've
nothing
to do.'
Said the
mouse to
the cur,
'Such a
trial, dear
sir, With
no jury
or judge,
would
be wasting
our
breath.'
'I'll be
judge,
I'll be
jury,'
said
cunning
old
Fury;
'I'll
try
the
whole
cause,
and
condemn
you to
death.'"

**Furia le dijo a un ratón: "Que se encontró en la casa"**

Фьюри сказал мыши, Что он встретил в доме.

**Vayamos los dos a la ley: yo te procesaré**

Давайте оба обратимся в суд: я буду преследовать вас в судебном порядке

**Vamos, no aceptaré ninguna negación: debemos tener el juicio**

Пойдемте, я не стану отрицать: мы должны провести суд

**Porque realmente esta mañana no tengo nada que hacer**

На самом деле сегодня утром мне нечего делать

**Dijo el ratón al cur;**

— сказала мышь собаке.

**Un juicio así, querido señor, sin jurado ni juez, sería una pérdida de aliento**

Такой процесс, дорогой государь, без присяжных и судьи был бы пустой тратой нашего дыхания

**—Seré juez, seré jurado —dijo el astuto viejo Fury—**

— Я буду судьей, я буду присяжным, — сказал хитрый старый Фьюри

**Juzgaré toda la causa y te condenaré a muerte**

Я испробую все дело и обречу тебя на смерть

**el ratón le habló severamente a Alicia**

мышка строго разговаривала с Алисой

**"¡No estás prestando atención!"**

«Ты не обращаешь внимания!»

**—¿En qué estás pensando?**

— О чем ты думаешь?

**—Le ruego que me perdone —dijo Alicia muy humildemente—**

- Прошу прощения, - сказала Алиса очень смиренно

**— ¿Habías llegado a la quinta curva, creo?**

— Кажется, ты добрался до пятого поворота?

**"¡Me insultas diciendo tales tonterías!"**

— Ты оскорбляешь меня, говоря такую чепуху!

**Y el ratón se levantó y se alejó**

и мышка встала и пошла прочь

**Alicia llamó al ratoncito**

— крикнула Алиса вслед мышонку

**"¡Por favor, regresa y termina tu historia!"**

«Пожалуйста, вернись и закончи свой рассказ!»

**Y todos los demás se unieron a coro**

И все остальные присоединились хором

**"¡Sí, por favor, termine su historia!"**

«Да, пожалуйста, закончите свой рассказ!»

**Pero el ratón se limitó a negar con la cabeza con impaciencia**

Но мышка лишь нетерпеливо покачала головой

**Y el ratoncito caminó un poco más rápido**

И мышонок пошел немного быстрее

—¡Ojalá tuviera aquí a Dinah, nuestra gata! —dijo Alicia—

"Как бы мне хотелось, чтобы Дина, наша кошка, была здесь!" - сказала Алиса

**Esto causó una notable sensación entre el grupo**

Это вызвало замечательную сенсацию среди партии

**Algunos de los pájaros se apresuraron a huir de inmediato**

Некоторые из птиц сразу же улетели

**y un canario gritó con voz temblorosa a sus hijos;**

и канарейка дрожащим голосом кричала своим детям;

**—¡Váyanse, queridos míos!**

— Уходите, мои дорогие!

**"¡Ya es hora de que estén todos en la cama!"**

— Вам давно пора ложиться в постель!

**Con varias excusas se fueron todos**

Под разными предлогами они все ушли

**y Alicia no tardó en quedarse sola**

и вскоре Алиса осталась одна

**—¡Ojalá no hubiera mencionado a Dinah!**

— Лучше бы я не упоминал Дину!

**"Parece que a nadie le gusta aquí abajo"**

«Кажется, она никому не нравится здесь, внизу»

**—¡Pero estoy seguro de que es la mejor gata del mundo!**

— Но я уверена, что она самая лучшая кошка на свете!

**La pobre Alicia se echó a llorar de nuevo**

Бедная Алиса снова заплакала

**porque se sentía muy sola y desanimada**

потому что она чувствовала себя очень одинокой и подавленной

**Al cabo de un rato, sin embargo, volvió a oír algo**

Однако через некоторое время она снова что-то услышала

**un pequeño golpeteo de pasos a lo lejos**

легкий топот шагов вдалеке

**Y ella miró hacia arriba ansiosamente**

И она нетерпеливо подняла глаза

# El conejo manda al pequeño Sr. Bill
## Кролик посылает маленького мистера Билла

**Era el conejo blanco, que volvía trotando lentamente**
Это был белый кролик, который медленно рысью бежал назад
**Miraba a su alrededor ansiosamente mientras se alejaba**
Он с тревогой оглядывался по сторонам
**Parecía como si hubiera perdido algo**
Он выглядел так, как будто что-то потерял
**Alicia le oyó murmurar para sí misma**
Алиса слышала, как он бормочет себе под нос
**—¡La duquesa! ¡La duquesa! ¡Oh, mis queridas patas!**
— Герцогиня! Герцогиня! О, мои милые лапы!
**—¡Oh, mi pelo y mis bigotes!**
— О, мой мех и усы!
**"Ella hará que me ejecuten, estoy seguro de eso"**
«Она добьется казни меня, я в этом уверен»
**—¡Tan cierto como que los hurones son hurones!**
«Так же точно, как хорьки есть хорьки!»

"¿Dónde puedo haber dejado mis cosas, me pregunto?"
— Интересно, куда я мог бросить свои вещи?
Alicia adivinó en un momento lo que estaba buscando
Алиса мгновенно догадалась, что он ищет
Buscaba el abanico de plumas
Он искал веер из перьев
Y buscaba el par de guantes blancos
И он искал пару белых перчаток
Así que ella, muy bondadosamente, comenzó a buscar los guantes
Поэтому она очень добродушно стала искать перчатки
Y también buscó el abanico de plumas
И она тоже искала веер из перьев
Pero los guantes y el abanico de plumas no se veían por ninguna parte
Но перчаток и веера из перьев нигде не было видно
Todo parecía haber cambiado desde que se bañó en la piscina
Казалось, все изменилось с тех пор, как она плавала в бассейне
Nada era igual desde que estaba en el Gran Salón
Ничто не было прежним с тех пор, как она была в Большом зале
y la mesa de cristal había desaparecido
и стеклянный стол исчез
Y la puertecita tampoco estaba allí
И маленькой дверцы там тоже не было
Muy pronto el conejo se fijó en Alicia
Очень скоро крольчиха заметила Алису
—la llamó en tono airado
Он окликнул ее сердитым тоном
—Mary Ann, ¿qué haces aquí?
— Мэри Энн, что ты здесь делаешь?
"Corre a casa en este momento"
«Беги домой сейчас же»
—¡Y tráeme un par de guantes y un abanico de plumas!
— И принеси мне пару перчаток и веер из перьев!

—¡Y date prisa!

— И поторопись!

**Alicia se habló a sí misma mientras salía corriendo**

Алиса говорила сама с собой, убегая

**—¡Debe de haberme confundido con su criada!**

— Должно быть, он принял меня за свою горничную!

**"¡Qué sorpresa se quedará cuando se entere de quién soy!"**

«Как он удивится, когда узнает, кто я!»

**Al decir esto, se encontró con una casita pulcra**

Сказав это, она наткнулась на аккуратный домик

**En la puerta de la casa había una placa de bronce brillante**

На двери дома висела яркая медная табличка

**"W. CONEJO"**

"У. КРОЛИК"

**Entró sin llamar a la puerta**

Она вошла, не постучав в дверь

**Y se apresuró a subir las escaleras**

и она поспешила прямо наверх

**le preocupaba conocer a la verdadera Mary Ann**

она беспокоилась, что может встретить настоящую Мэри Энн

**porque entonces la echarían de la casa**

потому что тогда ее выгнали бы из дома

**Y no sería capaz de encontrar el abanico de plumas y los guantes**

И она не смогла бы найти веер из перьев и перчатки

**Alicia había encontrado el camino hacia una pequeña habitación ordenada**

Алиса пробралась в маленькую аккуратную комнату

**En la habitación había una mesa junto a la ventana**

В комнате стоял столик у окна

**y sobre la mesa había un abanico de plumas**

а на столе стоял веер из перьев

**Y había dos o tres pares de diminutos guantes blancos**

и там было две или три пары крошечных белых перчаток

**Cogió el abanico de plumas y un par de guantes**

Она взяла веер из перьев и пару перчаток

**Y estaba a punto de salir de la habitación**

И она как раз собиралась выйти из комнаты

**Pero entonces sus ojos se posaron en una botellita**

но тут ее взгляд упал на маленькую бутылочку

**Descorchó la botella y se la llevó a los labios**

Она откупорила бутылку и поднесла ее к губам

**"Espero que me haga crecer de nuevo"**

«Я очень надеюсь, что это заставит меня снова вырасти»

**"¡Estoy cansada de ser una cosita tan pequeña!"**

«Я устал быть таким крошечным существом!»

**Alicia apenas se había bebido la mitad de la botella**

Алиса едва выпила половину бутылки

**Su cabeza ya estaba presionada contra el techo**

Ее голова уже прижималась к потолку

**Y tuvo que agacharse**

И ей пришлось нагнуться

**para salvar su cuello de ser roto**

чтобы спасти ее шею от перелома

**Dejó apresuradamente la botella**

Она поспешно поставила бутылку

**"Con eso basta"**

«Этого вполне достаточно»

**"Espero no crecer más"**

«Надеюсь, я больше не вырасту»

**¡Ay! ¡Era demasiado tarde para desearlo!**

Увы! Было уже поздно желать этого!

**Ella siguió creciendo y creciendo**

Она продолжала расти и расти

**y muy pronto tuvo que arrodillarse en el suelo**

И очень скоро ей пришлось встать на колени на пол

**Y aun así siguió creciendo**

И даже тогда она продолжала расти

**Como último recurso, sacó un brazo por la ventana**

В качестве последнего средства она высунула одну руку из окна

**Y metió un pie por la chimenea**

И она поставила одну ногу в дымоход

"Ahora no puedo hacer más, pase lo que pase"
«Теперь я больше ничего не могу сделать, что бы ни
случилось»
—¿Qué será de mí?
— Что со мной будет?

**Alicia tuvo un poco de suerte**
Алисе повезло
**La pequeña botella mágica había tenido todo su efecto**
Маленькая волшебная бутылочка произвела полный
эффект
**y Alicia no creció más de lo que era**
и Алиса не стала больше своей
**Al cabo de unos minutos oyó una voz en el exterior**
Через несколько минут она услышала голос снаружи
**Y se detuvo a escuchar la voz**
И она остановилась, чтобы прислушаться к голосу
**—¡María Ana! ¡Mary Ann! -dijo la voz-**
— Мэри Энн! Мэри Энн!» — произнес голос
**"¡Tráeme mis guantes en este momento!"**
— Принеси мне мои перчатки прямо сейчас!
**Luego se oyó un pequeño golpeteo de pies en la escalera**
Затем послышался легкий топот ног по лестнице
**Alicia supo que era el conejo que venía a buscarla**

Алиса знала, что это был кролик, пришедший искать ее

**Y tembló hasta hacer temblar la casa**

и она дрожала до тех пор, пока дом не содрогнулся

**Se olvidó por completo de sus proporciones**

Она совершенно забыла, какие у нее были пропорции

**Era mil veces más grande que el conejo**

Она была в тысячу раз больше кролика

**Y no tenía por qué temer a un conejo**

И у нее не было причин бояться кролика

**De pronto, el conejo se acercó a la puerta**

Вскоре кролик подошел к двери

**Y el conejito trató de abrir la puerta**

И крольчиха попыталась открыть дверцу

**La puerta comenzó a abrirse hacia adentro**

Дверь начала открываться внутрь

**pero el codo de Alicia estaba apretado con fuerza contra la puerta**

но локоть Алисы был сильно прижат к двери

**Ese intento resultó un fracaso**

Эта попытка оказалась неудачной

**Alicia oyó que el conejo se hablaba a sí mismo**

Алиса слышала, как кролик разговаривал сам с собой

**"Entonces daré la vuelta y entraré por la ventana"**

«Потом я обойду и войду через окно»

**«¡Que no lo harás!», pensó Alicia**

"Что ты не будешь!" - подумала Алиса

**Y volvió a esperar un poco**

И она снова немного подождала

**Pronto oyó al conejo justo debajo de la ventana**

Вскоре она услышала крик кролика прямо под окном

**De repente extendió la mano**

Она вдруг протянула руку

**Y ella hizo un arrebato en el aire**

и она сделала рывок в воздухе

**No se apoderó de nada**

Она ничего не доставала

**Pero oyó un pequeño alarido y una caída**

но она услышала небольшой крик и падение
**Y oyó el estrépito de cristales rotos**
и она услышала звон битого стекла
**Tal vez el conejo se había caído**
Возможно, кролик упал
**Tal vez estaba en un invernadero**
может быть, он был в теплице
**Luego se oyó una voz airada; La voz del conejo**
Затем раздался сердитый голос; Голос кролика
**"Pat, ¿dónde estás?"**
— Пэт, где ты?
**Y entonces llegó una voz que nunca antes había oído**
А затем раздался голос, которого она никогда раньше не слышала
**"¡Su señoría, estoy aquí!"**
— Ваша честь, я здесь!
**"Estoy cavando en busca de manzanas"**
«Я копаюсь в поисках яблок»
**"¡Aquí! ¡Ven y ayúdame a salir de esto!"**
— Вот! Приди и помоги мне выбраться отсюда!
**—Ahora dime, Pat, ¿qué es eso que hay en la ventana?**
— А теперь скажи мне, Пэт, что это в окне?
**"Claro, su señoría, se lo diré"**
«Конечно, ваша честь, я вам скажу»
**"¡Es un brazo que está en la ventana!"**
«Это рука, которая в окне!»
**"Bueno, un brazo no tiene nada que hacer allí"**
«Ну, руке там не до чего»
**"¡Ve y quítate el brazo!"**
«Иди и убери руку!»
**Hubo un largo silencio después de esto**
После этого наступило долгое молчание
**y Alicia sólo podía oír susurros de vez en cuando**
и Алиса слышала только шепот время от времени
**Y, por fin, volvió a extender la mano**
и наконец она снова протянула руку
**Y ella hizo otro arrebato en el aire**

И она сделала еще один рывок в воздухе

**Esta vez hubo dos pequeños chillidos**

На этот раз раздались два маленьких крика

**y se escucharon más sonidos de vidrios rotos**

и снова послышались звуки битого стекла

**«¡Me pregunto qué harán ahora!», pensó Alicia**

"Интересно, что они будут делать дальше!" - подумала Алиса

**"Ojalá me sacaran por la ventana"**

«Хотелось бы, чтобы меня вытащили из окна»

**Esperó un buen rato**

Она подождала некоторое время

**Pero durante un rato no oyó nada más**

Но какое-то время она больше ничего не слышала

**Por fin se oyó el estruendo de unas ruedas**

Наконец послышался грохот маленьких колес

**Y se oyó el sonido de muchas voces**

и послышались голоса множества

**Todas las voces hablaban al unísono**

Все голоса переговаривались друг с другом

**Pudo distinguir algunas de las palabras**

Она могла разобрать некоторые слова

**—¿Dónde está la otra escalera?**

— А где другая лестница?

**"Bill tiene la otra escalera"**

«У Билла другая лестница»

**"¡Bill, ven aquí!"**

— Билл, иди сюда!

**—¿Soportará el techo la carga?**

«Выдержит ли крыша нагрузку?»

**—¿Quién quiere bajar por la chimenea?**

«Кто хочет спуститься в дымоход?»

**—¡No, no lo haré! ¡Tú lo haces!"**

— Нет, не буду! Ты сделай это!»

**—¡Aquí, Bill!**

— Вот, Билл!

**"¡El maestro dice que tienes que bajar por la chimenea!"**

— Хозяин говорит, что тебе нужно спуститься по дымоходу!

**Alicia arrastró el pie por la chimenea todo lo que pudo**

Алиса протащила ногу как можно дальше по дымоходу

**Y luego esperó a ver lo que venía**

А затем она стала ждать, что произойдет

**Escuchó a un animalito arañar y revolver**

Она услышала, как маленький зверек царапает и карабкается

**El animalito debe estar en la chimenea**

Зверек обязательно должен находиться в дымоходе

**Luego dio una fuerte patada**

Тогда она дала один резкий пинок

**Y esperó a ver qué pasaría después**

И она ждала, что будет дальше

**Oyó un coro general de voces**

Она услышала общий хор голосов

**"¡Ahí va Bill!", dijeron todos**

«Вот и Билл!» — сказали они все

**Entonces oyó solo la voz del conejo**

Потом она услышала только голос кролика

**"¡Tú por el seto, atrápalo!"**

— Ты у изгороди, поймай его!

**Hubo otro momento de silencio**

Последовала еще одна минута молчания

**Y entonces hubo otra confusión de voces**

И тут снова послышалось смешение голосов

**"Levanta la cabeza, Brandy"**

«Держи его голову, Бренди»

**"Ten cuidado de no asfixiarlo"**

«Будь осторожен, чтобы не задушить его»

**—¿Qué te pasó?**

— Что с тобой случилось?

**Por último, llegó una vocecita débil y chillona**

Последним послышался слабый, скрипучий голос

**"Bueno, ya casi no sé"**

«Ну, я вряд ли знаю больше»

**"Gracias a todos, ahora estoy mejor"**
«Спасибо вам всем, мне теперь лучше»
**"Hay una cosa que puedo recordar"**
"Есть одна вещь, которую я могу вспомнить"
**"Algo viene hacia mí como un tren en un túnel"**
«Что-то настигает меня, как поезд в тоннеле»
**"¡Y vuelo hacia arriba como un cohete!"**
«И я лечу вверх, как небесная ракета!»
**Hubo uno o dos minutos de silencio**
Повисла минута или две молчания
**Y entonces empezaron a moverse de nuevo**
А затем они снова начали двигаться
**y Alicia oyó hablar de nuevo al Conejo**
и Алиса снова услышала голос Кролика
**"Un túmulo servirá, para empezar"**
«Для начала подойдет целый курган»
**«¿Un túmulo lleno de qué?», pensó Alicia**
"Куча чего?" - подумала Алиса
**Pero no la mantuvieron en suspenso por mucho tiempo**
Но ее недолго держали в напряжении
**Una lluvia de guijarros entró por la ventana**
В окно хлынул дождь из мелкой гальки
**Y algunas de las piedrecitas le golpearon en la cara**
и несколько маленьких камешков попали ей в лицо
**Alicia se sorprendió por los guijarros**
Алиса удивилась маленьким камешкам
**Todos los guijarros se estaban convirtiendo en pasteles**
Все камешки превращались в пирожные
**Y una idea brillante se le ocurrió**
И в голову ей пришла светлая идея
**"Debería comerme uno de estos pasteles"**
«Я должен съесть один из этих пирожных»
**"El pastel seguramente hará algún cambio en mi tamaño"**
"Торт обязательно немного изменит мой размер"
**Así que se tragó uno de los pasteles**
Поэтому она проглотила один из пирожных
**Y se alegró al descubrir que empezaba a encogerse**

И она была рада обнаружить, что начала уменьшаться

**Pronto fue lo suficientemente pequeña como para pasar por la puerta**

Вскоре она стала достаточно маленькой, чтобы пройти через дверь

**Salió corriendo de la casa**

Она выбежала из дома

**Una multitud de animalitos y pájaros esperaban afuera**

Снаружи ждала толпа зверьков и птичек

**todos los pajaritos y animales se abalanzaron sobre Alicia**

все птички и зверьки бросились на Алису

**Pero ella huyó lo más rápido que pudo**

Но она убежала так быстро, как только могла

**Y pronto se encontró a salvo en un espeso bosque**

И вскоре она оказалась в безопасности в густом лесу

**Alicia vagaba por el bosque**

Алиса бродила по лесу

**Y pensó para sí misma:**

И она подумала про себя:

**"Sé lo que tengo que hacer primero"**

«Я знаю, что мне нужно сделать в первую очередь»

**"Primero tengo que volver a crecer hasta el tamaño adecuado"**

«Сначала мне нужно снова вырасти до нужного размера»

**"Y luego tengo que encontrar mi camino hacia ese hermoso jardín"**

«И тогда мне нужно найти дорогу в этот прекрасный сад»

**"Supongo que debería comer o beber una cosa u otra"**

«Полагаю, мне следует есть или пить что-то или что-то еще»

**"Pero la pregunta es ¿qué debo comer o beber?"**

— Но вопрос в том, что мне есть или пить?

**Alicia miró a su alrededor las flores**

Алиса смотрела вокруг себя на цветы

**Y miró a través de las briznas de hierba**

и она смотрела сквозь травинки

**pero no podía ver nada de comer ni de beber**

но она не видела ничего, что можно было бы есть или пить

**Nada parecía ser lo adecuado para comer o beber**

Ничто не выглядело правильным для еды или питья

**Había un gran hongo creciendo cerca de ella**

Рядом с ней рос большой гриб

**el hongo tenía aproximadamente la misma altura que Alicia**

гриб был примерно такой же высоты, как Алиса

**Se estiró de puntillas**

Она вытянулась на цыпочках

**Y se asomó por el borde del hongo**

И она выглянула из-за края гриба

**Sus ojos se encontraron inmediatamente con los ojos de una gran oruga azul**

Ее глаза тут же встретились с глазами большой голубой гусеницы

**La oruga estaba sentada en la parte superior del hongo**

Гусеница сидела на верхушке гриба

**y la oruga se había cruzado de brazos**

и гусеница скрестила все его руки

**Y estaba fumando tranquilamente una larga cachimba**

А он спокойно курил длинный кальян

**y no hizo la menor atención a nada**

и он ни на что не обращал ни малейшего внимания

**y ciertamente no le prestó atención a Alicia**

и уж точно не обратил внимания на Алису

**Por fin, la oruga se quitó la pipa de la boca**
Наконец гусеница вынула кальян изо рта
**y se dirigió a Alicia con voz lánguida y soñolienta**
и он обратился к Алисе томным, сонным голосом
**—¿Quién eres? —preguntó la oruga**
"Кто ты?" - спросила гусеница

**Alicia respondió, con cierta timidez: "No lo sé, señor"**
Алиса ответила довольно застенчиво: "Я не знаю, сэр"
**"Justo en este momento está todo un poco..."**
«Просто на данный момент все это немного...»
**"Sé quién era cuando me levanté esta mañana"**
«Я знаю, кем я был, когда встал сегодня утром».
**"pero creo que debo haber cambiado varias veces desde
entonces"**
— Но я думаю, что с тех пор я изменился несколько раз.
**—¿Qué quieres decir con eso? —dijo la oruga—**
"Что ты хочешь этим сказать?" - спросила гусеница
**Con severidad, la oruga le pidió que se explicara**

Гусеница строго попросила ее объясниться

**—Me temo que no puedo explicarme, señor —dijo Alicia—**

- Боюсь, я не могу объясниться, сэр, - сказала Алиса

**"porque no soy yo mismo"**

"потому что я не в себе"

**"Verás, tener tantos tamaños diferentes en un día es muy confuso"**

«Видите ли, быть таким разным размером в один день очень сбивает с толку»

**Se incorporó y dijo muy gravemente:**

Она взяла себя в руки и сказала очень серьезно:

**"Creo que primero deberías decirme quién eres"**

«Я думаю, ты должен сначала сказать мне, кто ты»

**"¿Por qué?", dijo la oruga**

"Почему?" - спросила гусеница

**Alicia no se le ocurría ninguna buena razón**

Алиса не могла придумать ни одной веской причины

**Y la oruga parecía estar en un estado de ánimo muy desagradable**

И гусеница, казалось, была в очень неприятном душевном состоянии

**Así que se dio la vuelta**

Поэтому она отвернулась

**"¡Vuelve!", la oruga la llamó**

"Возвращайся!" - крикнула ей вслед гусеница

**"¡Tengo algo importante que decir!"**

«Я хочу сказать кое-что важное!»

**Alicia se dio la vuelta y volvió otra vez**

Алиса повернулась и вернулась снова

**—Mantén la calma —dijo la oruga—**

— Не теряй самообладания, — сказала гусеница

**-¿Eso es todo? -preguntó Alicia**

"И это все?" - спросила Алиса

**Y se tragó su rabia lo mejor que pudo**

И она проглотила свой гнев так хорошо, как только могла

**—No —dijo la oruga—**

— Нет, — ответила гусеница

**La oruga desplegó sus brazos**
Гусеница развернула руки
**Y volvió a sacarse la pipa de la boca**
и он снова вынул кальян изо рта
**y él dijo: "Así que Ud. piensa que Ud. ha cambiado, ¿verdad?"**
И он сказал: «Так ты думаешь, что изменился, не так ли?»
**—Me temo, he cambiado, señor —dijo Alicia—**
- Боюсь, я изменилась, сэр, - сказала Алиса
**"No puedo recordar las cosas como solía recordarlas"**
«Я не могу помнить вещи так, как я их помнил»
**"¡Y no me quedo del mismo tamaño por más de diez minutos!"**
«И я не остаюсь одного и того же размера больше десяти минут!»
**"¿Qué tamaño quieres tener?", preguntó la oruga**
«Какого размера ты хочешь быть?» — спросила гусеница
**—Oh, no me importa especialmente el tamaño que tenga — respondió Alicia apresuradamente—**
— О, мне все равно, какого я размера, — поспешно ответила Алиса
**"Simplemente no me gusta cambiar de tamaño tan a menudo, ya sabes"**
«Я просто не люблю так часто менять размер, знаешь ли»
**"Me gustaría ser un poco más grande, señor"**
«Я хотел бы быть немного больше, сэр»
**—Si no te importa —añadió Alicia—**
-- Если бы вы не возражали, -- добавила Алиса
**"Diez centímetros es una altura tan miserable para ser"**
«Десять сантиметров — это такая жалкая высота»
**-¡Es una altura muy buena! -exclamó la oruga con rabia-**
"Это действительно очень хорошая высота!" - сердито сказала гусеница
**Y se irguió mientras hablaba**
и он выпрямился, когда говорил
**Medía exactamente diez centímetros de alto**
Он был ровно десять сантиметров в высоту

**En uno o dos minutos, la oruga bajó del hongo**

Через минуту-другую гусеница слезла с гриба

**Y se arrastró por la hierba**

И он уполз в траву

**Al alejarse, hizo algunas pequeñas observaciones**

Уходя, он сделал несколько небольших замечаний

**"Un lado te hará crecer más alto"**

«С одной стороны ты станешь выше»

**"Y el otro lado te hará acortar"**

"А другая сторона заставит тебя стать ниже"

**«¿Un lado de qué?», pensó Alicia para sí misma**

"Одна сторона чего?" - подумала про себя Алиса

**—¿El otro lado de qué?**

— Другая сторона чего?

**—El costado del hongo —dijo la oruga—**

— Сторона гриба, — сказала гусеница

**Era como si hubiera hecho su pregunta en voz alta**

Как будто она задала свой вопрос вслух

**Y en otro momento, se perdió de vista**

А через мгновение он скрылся из виду

**Alicia se quedó mirando pensativa el hongo**

Алиса осталась задумчиво смотреть на гриб

**Estaba tratando de distinguir cuáles eran los dos lados del hongo**

Она пыталась разобрать, какие именно две стороны гриба

**Por fin, estiró los brazos alrededor de la seta**

Наконец она обхватила гриб руками

**Y rompió un poco los bordes**

и она немного отломила края

**"Y ahora, ¿qué lado es cuál?", se dijo a sí misma**

«А теперь, какая сторона к чему?» — сказала она себе

**Y mordisqueó un poco de la parte de la mano derecha**

И она откусила немного правой части

**Al momento siguiente sintió un violento golpe debajo de la barbilla**

В следующее мгновение она почувствовала сильный удар под подбородком

**¡Su barbilla había golpeado su pie!**

Ее подбородок ударился о ногу!

**Estaba bastante asustada por este cambio tan repentino**

Она была очень напугана этой внезапной переменой

**Se estaba encogiendo muy rápidamente**

Она очень быстро уменьшалась

**Así que rápidamente se comió un poco del otro trozo de champiñón**

Поэтому она быстро съела еще немного грибов

**Su barbilla estaba muy presionada contra su pie**

Ее подбородок был очень плотно прижат к ноге

**Apenas había espacio para abrir la boca**

Едва ли было место, чтобы открыть рот

**Pero al fin logró abrir la boca**

Но в конце концов ей удалось открыть рот

**Y tragó un bocado del pedazo de la mano izquierda**

И она проглотила кусочек левого удила

**-¡Por fin me han liberado la cabeza! -exclamó Alicia-**

"Наконец-то моя голова освободилась!" - сказала Алиса

**Se miró a sí misma**

Она посмотрела на себя сверху вниз

**Pero todo lo que podía ver era una inmensa longitud de cuello**

но все, что она могла видеть, это огромная длинная шея

**Su cuello parecía elevarse como un tallo**

Ее шея, казалось, поднималась вверх, как стебель

**Y miró hacia abajo sobre un mar de hojas verdes**

и она посмотрела вниз на море зеленых листьев

**—¿A dónde han llegado mis hombros?**

«Куда дошли мои плечи?»

**"Y oh, mis pobres manos, ¿cómo es que no puedo verte?"**

— И о, мои бедные руки, как это я вас не вижу?

**Pero su cuello tenía un beneficio**

Но у ее шеи было одно преимущество

**Podía mover la cabeza en cualquier dirección**

Она могла поворачивать головой в любом направлении

**De hecho, era como una serpiente**

На самом деле, она была просто как змея
**Ella zigzagueó con gracia con la cabeza hacia abajo**
Она грациозно зигзагообразно опустила голову вниз
**Y movió la cabeza entre los árboles**
и она двигала головой между деревьями
**Pero entonces oyó un silbido agudo**
Но тут она услышала резкое шипение
**Y rápidamente echó la cabeza hacia atrás**
И она быстро откинула голову назад
**Una gran paloma había volado hacia su cara**
Большой голубь влетел ей в лицо
**y la paloma se agitó violentamente con sus alas**
и голубь яростно держал крылья свои

-¡Serpiente! -exclamó la paloma-

"Змей!" - закричал голубь

-¡No soy una serpiente! -exclamó Alicia indignada-

-- Я не змея, -- возмутилась Алиса

"¡Déjame en paz!"

— Оставь меня в покое!

"He probado las raíces de los árboles"

«Я пробовал корни деревьев»

—Y he probado setos —prosiguió la paloma—

— А я пробовал живые изгороди, — продолжал голубь

—¡Pero esas serpientes! ¡No hay forma de complacerlos!"

— Но эти змеи! Им не угодишь!»

Alicia estaba cada vez más desconcertada

Алиса все больше и больше недоумевала

-Como si ya fuera bastante trabajo incubar los huevos -dijo la paloma-

— Как будто не хватило хлопот с высиживанием яиц, — сказал голубь

—¡De noche y de día también tengo que estar atento a las serpientes!

«Ночью и днем я должен остерегаться змей!»

"Acababa de encontrar el árbol más alto del bosque"

«Я только что нашел самое высокое дерево в лесу»

—¿Estaría libre de serpientes aquí?

— Конечно, я был бы свободен от змей здесь?

"¡Y sale una serpiente del cielo!"

«И выходит змей с неба!»

-¡Pero yo no soy una serpiente, te lo aseguro! -dijo Alicia-

- Но я же не змея, скажу я вам, - сказала Алиса

"Soy un... Soy un... Soy una niña —añadió con cierta duda—

«Я... Я... Я маленькая девочка, — добавила она с некоторым сомнением

Después de todo, había estado pasando por muchos cambios

В конце концов, она пережила много перемен

—Estás buscando huevos —dijo la paloma—

«Ты ищешь яйца», — сказал голубь

"Lo sé con certeza"

«Я знаю это наверняка»
—¿Y qué importa si eres una niña o una serpiente?
«И какая разница, маленькая ты девочка или змейка?»
—A mí me importa mucho —dijo Alicia apresuradamente—
-- Для меня это очень важно, -- поспешно сказала Алиса
"pero no estoy buscando huevos, como suele ser"
«Но я не ищу яиц, как это бывает»
"Y de todos modos no querría tus huevos"
— И мне все равно не нужны твои яйца.
"No me gustan los huevos crudos"
«Я не люблю, когда мои яйца сырые»
-¡Pues váyase! -dijo la paloma en tono malhumorado-
— Ну, тогда уходи, — сказал голубь угрюмым тоном
Y la paloma se instaló de nuevo en su nido
И голубь снова устроился в своем гнезде
Alicia se agachó entre los árboles lo mejor que pudo
Алиса присела на корточки среди деревьев, как только
могла
Su cuello no dejaba de enredarse entre las ramas
Ее шея все время запутывалась в ветвях
De vez en cuando tenía que detenerse y desenroscar el cuello
Время от времени ей приходилось останавливаться и
разворачивать шею
Al cabo de un rato se acordó de la seta
Через некоторое время она вспомнила о грибе
Todavía sostenía los trozos de hongo en sus manos
Она все еще держала в руках кусочки грибов
Y se puso a trabajar con mucho cuidado
И она принялась за работу очень тщательно
Primero mordisqueó una pieza
Сначала она откусила кусочек
Y luego mordisqueó la otra pieza
А затем она откусила другой кусок
A veces crecía
Иногда она становилась выше
y a veces se acortaba
а иногда она становилась короче

**pero finalmente alcanzó su altura habitual**

Но в конце концов она достигла своего обычного роста

**Hacía tiempo que no era de su estatura**

Какое-то время она не была своего роста

**Así que todo se sintió extraño por un tiempo**

Так что какое-то время все казалось странным

**"Lo siguiente que hay que hacer es entrar en ese hermoso jardín"**

«Следующее, что нужно сделать, это попасть в этот прекрасный сад»

**—¿Cómo se va a hacer eso, me pregunto?**

— Интересно, как это сделать?

**Al decir esto, llegó a un lugar abierto**

Сказав это, она наткнулась на открытое место

**Había una casita, un poco más de un metro de altura**

там был маленький домик, чуть выше метра

**"Me pregunto quién vive en esta casita"**

«Интересно, кто живет в этом домике?»

**"Ciertamente no puedo entrar tan grande como soy"**

«Я, конечно, не могу войти так сильно, как я есть»

**—¡Los asustaría terriblemente!**

«Я бы их ужасно напугал!»

**Así que volvió a mordisquear el pequeño champiñón**

Поэтому она снова откусила маленький гриб

**Y pronto bajó treinta centímetros**

И вскоре она опустилась вниз на тридцать сантиметров

# Un cerdo y un poco de pimienta
## Свинья и немного перца

**Durante uno o dos minutos se quedó mirando la casa**

Минуту или две она стояла, глядя на дом

**De repente, un lacayo salió corriendo del bosque**

Вдруг из леса выбежал лакей

**Vestía un uniforme especial**

Он был одет в специальную ливрейную форму

**A juzgar solo por su rostro, ella lo habría llamado pez**

Судя только по его лицу, она бы назвала его рыбой

**Y golpeó fuertemente la puerta con los nudillos**

и он громко постучал костяшками пальцев в дверь

**La puerta fue abierta por otro lacayo**

Дверь открыл другой лакей

**Este lacayo también llevaba una librea especial**

Этот лакей тоже был одет в специальную ливрею

**Este lacayo tenía una cara redonda y ojos grandes como los de una rana**

У этого лакея было круглое лицо и большие глаза, как у лягушки

**El lacayo, que parecía un pez, inició la ceremonia**

Лакей, похожий на рыбу, инициировал церемонию

**Sacó algo de debajo de su brazo**

Он вытащил что-то из-под мышки

**Y sacó de debajo del brazo un sobre**

И он вытащил из-под мышки конверт

**Y este sobre se lo entregó al otro lacayo**

И этот конверт он передал другому лакею

**En tono ceremonioso le comunicó las órdenes**

Церемонным тоном он передал ему приказ

**"Este mensaje es para la duquesa"**

«Это послание для герцогини»

**"Una invitación de la reina a jugar al croquet"**

"Приглашение от королевы поиграть в крокет"

**El lacayo, que parecía una rana, repitió la orden**

Лакей, похожий на лягушку, повторил приказ

**"De la Reina"**

«От королевы»

**"Una invitación"**

«Приглашение»

**"para la duquesa"**

"для герцогини"

**"Jugar al croquet"**

«Игра в крокет»

**Entonces ambos se inclinaron profundamente**

Затем они оба низко поклонились

**y los rizos de sus pelucas se enredaron**

и кудри в их париках спутались

**Pronto el lacayo que parecía un pez se había ido**

Вскоре лакей, похожий на рыбу, исчез

**Pero el lacayo que parecía una rana todavía estaba allí**

Но лакей, похожий на лягушку, все еще был там

**Estaba sentado en el suelo, cerca de la puerta**

Он сидел на земле возле двери

**Estaba mirando estúpidamente al cielo**

Он тупо смотрел в небо

**Alicia se acercó tímidamente a la puerta y llamó**

Алиса робко подошла к двери и постучала
**—Es inútil llamar a la puerta —dijo el lacayo—**
— Стучать бесполезно, — сказал лакей
**"Y eso es por dos razones"**
"И это по двум причинам"
**"Primero, porque estoy del mismo lado de la puerta que tú"**
«Во-первых, потому что я нахожусь по ту же сторону
двери, что и вы»
**"En segundo lugar, porque están haciendo mucho ruido
dentro"**
«Во-вторых, потому что они создают так много шума
внутри»
**"Nadie podría escucharte"**
«Никто не мог тебя услышать»
**Y, ciertamente, había un ruido extraordinario en su interior**
И действительно, внутри происходил самый необычайный
шум
**un aullido y estornudos constantes**
постоянный вой и чихание
**y de vez en cuando se oye un gran estruendo**
и время от времени раздается звук громкого грохота
**como si un plato o una tetera se hubieran roto en pedazos**
как будто посуду или чайник разбили на куски
**-¿Cómo voy a entrar? -preguntó Alicia**
"Как мне войти?" - спросила Алиса
**—¿Deberías entrar? —dijo el lacayo—**
«Стоит ли вам вообще входить?» — спросил лакей
**"Esa es la primera pregunta, ya sabes"**
«Это первый вопрос, знаешь ли»
**Alicia abrió la puerta y entró**
Алиса открыла дверь и вошла
**La puerta conducía directamente a una gran cocina**
Дверь вела прямо на большую кухню
**La cocina estaba llena de humo de un extremo a otro**
Кухня была полна дыма от одного конца до другого
**en medio de la cocina estaba la duquesa**
посреди кухни стояла герцогиня

**Estaba sentada en un taburete de tres patas**

Она сидела на табурете на трех ножках

**Y ella estaba amamantando a un bebé**

и она кормила грудью ребенка

**El cocinero estaba inclinado sobre el fuego**

Повар склонился над огнем

**Estaba removiendo un gran caldero**

Он помешивал большой котел

**y el caldero parecía estar lleno de sopa**

И котел казался полным супа

**"¡Ciertamente hay demasiada pimienta en esa sopa!" —se dijo Alicia**

«В этом супе определенно слишком много перца!» — сказала себе Алиса

**Lo dijo lo mejor que pudo, sin estornudar**

Она сказала это как могла, не чихая

**Incluso la duquesa estornudaba de vez en cuando**

Даже герцогиня изредка чихала

**Pero las acciones del bebé fueron las más notables**

Но самыми примечательными были действия малыша

**El bebé estornudaba y aullaba alternativamente**

малыш чихал и выл попеременно

**No hubo un momento de pausa entre aullidos y estornudos**

Не было ни минуты паузы между воем и чиханием

**Había dos criaturas en la cocina que no estornudaban**

На кухне было два существа, которые не чихали

**El cocinero estaba demasiado ocupado para estornudar**

Повар был слишком занят, чтобы чихнуть

**Y al gran gato no pareció importarle el pimiento**

Да и большая кошка, казалось, не возражала против перца

**En cambio, el gran gato sonreía de oreja a oreja**

Вместо этого большая кошка ухмылялась от уха до уха

**-Por favor, ¿podría decírmelo -dijo Alicia, un poco tímidamente-**

- Пожалуйста, скажи мне, - сказала Алиса немного робко

**"¿Por qué tu gato sonríe así?"**

«Почему твоя кошка так ухмыляется?»

-Es un gato de Cheshire -dijo la duquesa-

— Это чеширский кот, — сказала герцогиня

"Y por eso está sonriendo de oreja a oreja"

«И именно поэтому он улыбается от уха до уха»

"No sabía que un gato de Cheshire siempre sonreía"

«Я не знал, что чеширский кот всегда ухмыляется»

—De hecho, no sabía que los gatos podían sonreír —dijo Alicia—

— В самом деле, я не знала, что кошки могут ухмыляться, — сказала Алиса

-Hay muchas cosas que no sabes -dijo la duquesa-

— Вы многого не знаете, — сказала герцогиня

"Hay muchas cosas que no sabes y eso es un hecho"

«Есть многое, чего вы не знаете, и это факт»

En ese momento, el cocinero retiró el caldero de sopa del fuego

В этот момент повар снял с огня котел с супом

Y en seguida se puso a tirar todo lo que estaba a su alcance

И тут же она начала бросать все, что попадалось ей под руку

arrojó todo lo que pudo a la duquesa y al bebé

она бросила все, что могла, в герцогиню и младенца

Primero arrojó los hierros de fuego

Сначала она бросила кандалы

Luego tiró un puñado de cacerolas

Затем она бросила горсть кастрюль

y finalmente tiró los platos y las fuentes

И, наконец, она бросила тарелки и блюда

La duquesa no le hizo caso

Герцогиня не обратила на нее внимания

Incluso cuando fue golpeada por un plato, no se preocupó

Даже когда в нее попала тарелка, она не волновалась

El bebé ya estaba aullando tanto

Малыш уже так сильно выл

Así que era imposible decir si los golpes lastimaban al bebé o no

Так что сказать было невозможно, больно ли удары

ранили малыша или нет

**—¡Oh, por favor, ten cuidado con lo que estás haciendo! —
exclamó Alicia—**

"О, пожалуйста, не обращай внимания на то, что ты
делаешь!" - воскликнула Алиса

**Y saltaba de un lado a otro en una agonía de terror**

И она подпрыгивала вверх и вниз в агонии ужаса

**la duquesa le ofreció a Alicia el bebé**

герцогиня предложила Алисе ребенка

**"¡Aquí! ¡Puedes amamantar un poco al bebé, si quieres!"**

— Вот! Если хочешь, можешь немного покормить ребенка!

**Y le arrojó al bebé mientras hablaba**

и она швырнула в нее ребенка, пока говорила

**"Tengo que ir a prepararme para jugar al croquet con la
reina"**

«Мне нужно идти и готовиться к игре в крокет с дамой»

**Y se apresuró a salir de la habitación**

И она поспешно вышла из комнаты

**Alicia atrapó al bebé con cierta dificultad**

Алиса поймала малыша с некоторым трудом

**porque era una criatura de forma muy extraña**

Потому что это было маленькое существо очень странной
формы

**Y el bebé extendió los brazos y las piernas en todas
direcciones**

и младенец протягивал свои ручки и ножки во все
стороны

**«Será mejor que me lleve a este niño conmigo», pensó Alicia**

"Я лучше возьму этого ребенка с собой", - подумала Алиса

**"Seguro que matarán a este bebé en uno o dos días"**

«Они наверняка убьют этого ребенка через день или два»

**—¿No sería un asesinato dejar atrás a este bebé?**

«Разве не было бы убийством оставить этого ребенка?»

**Dijo las últimas palabras en voz alta**

Последние слова она произнесла вслух

**Y la cosita gruñó en respuesta**

И малышка хмыкнула в ответ

—Será mejor que no te conviertas en un cerdo, querida —
dijo Alicia—

- Тебе лучше не превращаться в свинью, моя дорогая, -
сказала Алиса

"o de lo contrario no tendré nada más que ver contigo"

«Или я больше не буду иметь с вами ничего общего»

Alicia empezaba a pensar para sí misma:

Алиса только начинала думать про себя:

"Ahora, ¿qué voy a hacer con esta criatura cuando la lleve a
casa?"

— Что же мне делать с этим существом, когда я вернусь
домой?

Pero entonces la pequeña criatura gruñó un poco
violentamente

Но тут маленькое существо немного сильно заворчало

y Alicia lo miró a la cara con cierta alarma

и Алиса с некоторой тревогой посмотрела ему в лицо

Esta vez no podía haber error al respecto

На этот раз ошибки быть не могло

No era ni más ni menos que un cerdo

это была не больше и не меньше свинья

Así que dejó a la pequeña criatura en el suelo

Поэтому она усадила маленькое существо

y la pequeña criatura se aleja trotando tranquilamente hacia
el bosque

и маленькое существо тихо побежало рысью в лес

Alicia se sintió bastante aliviada al ver que la criatura se iba

Алиса почувствовала облегчение, увидев, как существо
ушло

Alicia se sobresaltó un poco al ver al Gato de Cheshire

Алиса была немного поражена, увидев Чеширского Кота

Estaba sentado en la rama de un árbol a pocos metros de
distancia

он сидел на ветке дерева в нескольких ярдах от него

El gato solo sonrió cuando la vio

Кошка только ухмыльнулась, увидев ее

—Gato de Cheshire —empezó Alicia, bastante

**tímidamente—**

-- Чеширский кот, -- робко начала Алиса

**—¿Podría decirme, por favor, qué camino debo tomar desde aquí?**

— Не могли бы вы сказать мне, в какую сторону мне следует идти отсюда?

**—En esa dirección —dijo el gato—**

— В ту сторону, — ответил кот

**Y agitó la pata derecha**

и он взмахнул правой лапой по кругу

**"En esa dirección vive un fabricante de sombreros"**

«В том направлении живет производитель шляп»

**Y entonces el gato agitó su otra pata**

И тогда кошка махнула другой лапой

**"Y en esa dirección vive una liebre de marzo"**

"И в ту сторону живет мартовский заяц"

**"Visita a cualquiera de los que quieras; los dos están locos"**

— Приходите в любой из них, как вам угодно; Они оба сумасшедшие».

**—Pero yo no quiero andar entre locos —comentó Alicia—**

— Но я не хочу ходить среди сумасшедших, — заметила Алиса

**—Oh, no puedes evitarlo —dijo el Gato—**

— О, ничего не поделаешь, — сказал Кот

**"Aquí estamos todos locos"**

«Мы все здесь с ума сходим»

**"¿Vas a jugar al croquet con la reina hoy?"**

«Ты сегодня играешь в крокет с дамой?»

**—Me gustaría mucho —dijo Alicia—**

- Мне бы очень хотелось, - сказала Алиса

**"pero todavía no me han invitado"**

"но меня еще не пригласили"

**—Allí me verás —dijo el Gato—**

— Ты увидишь меня там, — сказал Кот

**Y de un momento a otro el gato desapareció**

И то и дело кошка исчезала

**pronto Alicia llegó a la vista de la casa de la liebre de marzo**

Вскоре Алиса увидела домик мартовского зайца

**Era una casa muy grande**

Это был очень большой дом

**así que Alicia no quiso acercarse a la casa**

поэтому Алиса не хотела приближаться к дому

**Primero tuvo que mordisquear un poco más del trozo de champiñón del lado izquierdo**

Сначала ей нужно было откусить еще немного гриба с левой стороны

**Una fiesta de té loca**
Безумное чаепитие

**Delante de la casa había un árbol**
Перед домом росло дерево
**y debajo del árbol había una mesa**
а под деревом стоял стол
**y la mesa estaba puesta con toda clase de cubiertos**
а стол был накрыт всевозможными столовыми приборами
**La Liebre de Marzo y el Sombrerero estaban sentados a la mesa**
За столом сидели мартовский заяц и шляпник
**y juntos estaban tomando el té**
и вместе они пили чай
**Un lirón estaba sentado entre ellos**
Между ними сидела соня
**y el lirón se durmió profundamente**
а соня крепко спала
**La mesa era de un tamaño extraordinario**
Стол был необычайных размеров
**Pero la mayor parte de la mesa estaba desocupada**
Но большая часть стола была пуста
**Se sentaron apiñados en una esquina de la mesa**
Они теснились друг к другу в одном углу стола
**y, sin embargo, se excusaban cuando veían a Alicia**
и все же они находили оправдания, когда видели Алису
**"¡No hay espacio! ¡No hay lugar!", gritaron**
«Нет места! Нет места!» — закричали они
**-¡Hay sitio de sobra! -exclamó Alicia indignada-**
-- Здесь много места, -- возмутилась Алиса
**En un extremo de la mesa había un gran sillón**
На одном конце стола стояло большое кресло
**y Alicia se sentó en el sillón**
и Алиса уселась в кресло
**El sombrerero abrió mucho los ojos**
Шляпник широко раскрыл глаза
**No podía creer lo que estaba viendo**
Он не мог поверить в то, что видел

**Pero su mente tenía curiosidad por otras cosas**

Но его ум был любопытен к другим вещам

**—¿Por qué un cuervo es como un escritorio?**

«Почему ворон похож на письменный стол?»

**Alicia estaba abierta al reto**

Элис была открыта для вызова

**"Me alegro de que hayan empezado a hacer adivinanzas"**

«Я рад, что они начали задавать загадки»

**—Creo que puedo adivinarlo —añadió en voz alta—**

— Кажется, я догадываюсь об этом, — добавила она вслух

**La liebre de marzo sintió curiosidad por Alicia**

Походный заяц заинтересовался Алисой

**"¿De verdad crees que puedes encontrar la respuesta?"**

«Вы действительно думаете, что сможете найти ответ?»

**—Creo que puedo encontrar la respuesta —dijo Alicia—**

- Кажется, я действительно найду ответ, - сказала Алиса

**—Entonces deberías decir lo que quieres decir —prosiguió la liebre de la marcha—**

— Тогда ты должен сказать, что ты имеешь в виду, — продолжал походный заяц

**—Digo lo que quiero decir —respondió Alicia apresuradamente—**

-- Я говорю то, что имею в виду, -- поспешно ответила Алиса

**"por lo menos quiero decir lo que digo"**

«по крайней мере, я имею в виду то, что говорю»

**"Es lo mismo, ¿sabes?"**

«Это одно и то же, знаешь ли»

**El lirón también contribuyó a la conversación**

Соня тоже внесла свой вклад в разговор

**Pero el lirón parecía estar hablando en sueños**

Но соня словно разговаривала во сне

**"Respiro cuando duermo"**

«Я дышу, когда сплю»

**"¡Duermo cuando respiro!"**

«Я сплю, когда дышу!»

**"Bien podría decirse que también son lo mismo"**

«С таким же успехом можно сказать, что они тоже одно и то же»

**-A ti te pasa lo mismo -dijo el sombrerero-**

«То же самое и с вами», — сказал шляпник

**Y echó un poco de té en la nariz del lirón**

И он налил немного чая на нос сони

**El Lirón sacudió la cabeza con impaciencia**

Соня нетерпеливо покачала головой

**Y volvió a hablar el Lirón, sin abrir los ojos**

И снова соня заговорила, не открывая глаз

**"Por supuesto, por supuesto que es lo mismo"**

«Конечно, конечно, это то же самое»

**"eso es justo lo que iba a decir yo mismo"**

«Это просто то, что я собирался сказать сам»

**El sombrerero se volvió hacia Alicia y le hizo otra pregunta**

Шляпник повернулся к Алисе и задал еще один вопрос

**—¿Ya has adivinado el enigma?**

— Ты уже разгадал загадку?

**—No, me rindo —concedió Alicia—**

— Нет, я сдаюсь, — согласилась Алиса

**"¿Cuál es la respuesta?", quiso saber**

«Каков ответ?» — спросила она

**—No tengo la menor idea —dijo el sombrerero—**

— Я понятия не имею, — сказал шляпник

**-Ni yo lo sé -dijo la liebre-**

— И я тоже не знаю, — сказал походный заяц

**Alicia dio un suspiro de cansancio**

Алиса устало вздохнула

**"Hay mejores usos del tiempo que los enigmas sin respuestas"**

«Есть лучшее применение времени, чем загадки без ответов»

**-¡Toma un poco más de té! -dijo la liebre a Alicia, muy seriamente-**

-- Выпей еще чаю, -- очень серьезно сказал Алисе Мартовский Заяц

**Alicia se sintió bastante ofendida por la oferta**

Алиса была весьма оскорблена этим предложением

**—Todavía no he tomado el té —respondió Alicia—**

— Я еще не пила чай, — ответила Алиса

**"por lo tanto, no puedo tomar más té"**

«Поэтому я больше не могу пить чай»

**—Quieres decir que no puedes tomar menos té —dijo el sombrerero—**

«Ты хочешь сказать, что не можешь пить меньше чая», — сказал шляпник

**"Es muy fácil llevarse más que nada"**

«Очень легко взять больше, чем ничего»

**Al oír esto, Alicia se levantó y se marchó**

С этими словами Алиса встала и пошла прочь

**El lirón se durmió al instante**

Соня мгновенно уснула
**y ninguno de los otros hizo la menor atención de que ella se fuera**
и никто из остальных не обратил ни малейшего внимания на ее уход
**aunque miró hacia atrás una o dos veces**
хотя она оглянулась один или два раза назад
**Intentaban meter el lirón en la tetera**
Они пытались засунуть соню в чайник
**-De todos modos, ¡no volveré a ir allí! -dijo Alicia-**
- Во всяком случае, я никогда больше туда не поеду, - сказала Алиса
**Y ella caminó su camino a través del bosque**
И она шла по лесу
**"Esa fue la fiesta del té más estúpida a la que he ido en mi vida"**
«Это было самое глупое чаепитие, на котором я когда-либо был»
**Justo cuando dijo esto, notó algo**
Как только она сказала это, она что-то заметила
**Uno de los árboles tenía una puerta que daba directamente a él**
На одном из деревьев была дверь, ведущая прямо в него
**"¡Eso es muy interesante!", pensó**
«Это очень интересно!» — подумала она
**"Creo que es mejor que pase por la puerta"**
— Думаю, я могу пройти через дверь.
**Y entró por la puerta**
И через дверь она вошла
**Una vez más se encontró en el largo pasillo**
И снова она очутилась в длинном зале
**De nuevo estaba cerca de la mesita de cristal**
Она снова подошла к маленькому стеклянному столику
**Ella tomó la pequeña llave de oro**
Она взяла маленький золотой ключик
**Y abrió la puerta que daba al jardín**
И она отперла дверь, ведущую в сад

**Luego se puso manos a la obra mordisqueando el hongo**
Затем она принялась грызть гриб
**Había guardado un trozo de la seta en el bolsillo**
Она держала в кармане кусочек гриба
**Y, por último, medía alrededor de un metro de altura**
И, наконец, она была около метра ростом
**Luego caminó por el pequeño pasillo**
Затем она пошла по маленькому коридору
**Y entonces finalmente se encontró en el hermoso jardín**
И вот она, наконец, оказалась в прекрасном саду
**y ella estaba entre la flor brillante y las fuentes frescas**
И она была среди ярких цветов и прохладных фонтанов

## El campo de croquet de la reina

Площадка для крокета королевы

**Un gran rosal se alzaba cerca de la entrada del jardín**

Большое розовое дерево стояло у входа в сад

**Las rosas que crecían en el árbol eran blancas**

Розы, растущие на дереве, были белыми

**Pero había tres jardineros pintando la rosa**

Но было три садовника, которые рисовали розу

**Estaban ocupados pintando las rosas de rojo**

Они деловито красили розы в красный цвет

**y Alicia los miraba pintar las rosas de rojo**

и Алиса смотрела, как они красят розы в красный цвет

**y de repente sus ojos se posaron por casualidad en Alicia**

и вдруг их взгляд случайно упал на Алису

**Alicia habló un poco tímidamente**

Алиса заговорила немного робко

**—¿Podría decírmelo, por favor?**

— Не могли бы вы рассказать мне, пожалуйста?

**"¿Por qué están pintando todas esas rosas?"**

«Почему вы все рисуете эти розы?»

**Cinco y siete no dijeron nada, pero miraron a dos**

Пять и семь ничего не сказали, но посмотрели на двоих

**Dos hablaron, en voz baja**

двое говорили тихим голосом

**"Vaya, el hecho es que ya lo ve, señora"**

— Ну, дело в том, видите ли, сударыня.

**"Esto de aquí debería haber sido un rosal rojo"**

— Это должно было быть красное розовое дерево.

**"Y pusimos un rosal blanco por error"**

«И мы по ошибке посадили белое розовое дерево»

**"Como estarás de acuerdo, la Reina no debe enterarse"**

«Согласитесь, королева не должна об этом узнать»

**"De lo contrario, nos cortarían la cabeza a todos"**

«Иначе нам бы всем отрубили головы»

**"Así que ya ve, señora, estamos haciendo lo mejor que podemos"**

«Итак, вы видите, мадам, мы делаем все, что в наших

силах»

**La Carta Cinco había estado mirando ansiosamente a través del jardín**

Пятая карта с тревогой смотрела на сад

**En ese momento, la carta cinco gritó: "¡La reina! ¡La reina!"**

В этот момент пятая карта крикнула: «Дама! Королева!

**Y los tres jardineros se escabulleron al instante**

И трое садовников мгновенно поспешили прочь

**Y se arrojaron de bruces**

и они бросились лицом к лицу

**Se oyó el sonido de muchos pasos**

Послышались многочисленные шаги

**Alicia miró a su alrededor, ansiosa por ver a la reina**

Алиса оглянулась, желая увидеть королеву

**Al comienzo de la procesión había diez soldados**

В начале процессии стояли десять солдат

**Sus manos y pies estaban en las esquinas**

их руки и ноги лежали по углам

**y en sus manos y pies había garrotes**

и в руках и ногах у них были дубинки

**Luego vinieron los diez cortesanos**

Далее шли десять придворных

**Los cortesanos estaban adornados con diamantes**

Придворные были украшены бриллиантами

**Después de los cortesanos venían los hijos reales**

Вслед за придворными шли царские дети

**Eran diez los hijos de la realeza**

Царских детей было десять

**y todos los niños reales estaban adornados con corazones**

и все царские дети были украшены сердечками

**Luego vinieron los invitados; en su mayoría reyes y reinas**

Затем пришли гости; В основном короли и королевы

**y entre los reyes y la reina, Alicia vio a alguien**

а среди королей и королевы Алиса увидела кого-то

**Volvió a ver al conejo blanco que había perseguido**

Она снова увидела белого кролика, за которым гналась

**La procesión fue seguida por la sota de los corazones**

За процессией следовал валет сердец
**Llevaba la corona del rey**
Он нес корону короля
**y la corona del rey estaba sobre un cojín de terciopelo carmesí**
Корона царя лежала на подушке из малинового бархата
**Y entonces llegó el final de esta gran procesión**
И вот наступил конец этой грандиозной процессии
**Y allí, al final, estaban el Rey y la Reina de Corazones**
И вот в конце были король и королева червей
**la procesión venía frente a Alicia**
процессия шла противоположно Алисе
**Y todos se detuvieron y la miraron**
И все они остановились и посмотрели на нее
**Y la reina dijo severamente: "¿Quién es éste?"**
И царица строго спросила: "Кто это?"
**Se lo dijo a la Sota de Corazones**
Она сказала это Валету Червей
**Pero él se limitó a hacer una reverencia y a sonreír en respuesta**
Но он только поклонился и улыбнулся в ответ
**Alicia habló muy cortésmente**
Алиса говорила очень вежливо
**"Mi nombre es Alicia, así que por favor, su majestad"**
"Меня зовут Алиса, пожалуйста, ваше величество"
**Pero ella tenía otros pensamientos para sí misma**
Но у нее были другие мысли
**"¡Después de todo, son solo un mazo de cartas!"**
— В конце концов, это всего лишь колода карт!
**"¿Sabes jugar al croquet?", gritó la reina**
"Ты умеешь играть в крокет?" - закричала королева
**Era evidente que la pregunta iba dirigida a Alicia**
Вопрос, очевидно, предназначался для Алисы
**-¡Sí! -dijo Alicia en voz alta-**
"Да!" - громко сказала Алиса
**—¡Ven a jugar! —rugió la reina—**
"Тогда давай играть!" - закричала королева

una voz tímida le habló a Alicia

робкий голос обратился к Алисе

"¡Es un día muy hermoso!"

«Сегодня очень хороший день!»

Caminaba junto al conejo blanco

Она шла мимо белого кролика

y el Conejo Blanco la miraba ansiosamente a la cara

а Белый Кролик с тревогой заглядывал ей в лицо

—Un día muy bueno —confirmó Alicia—

- Очень хороший день, - подтвердила Алиса

—¿Dónde está la duquesa?

— Где герцогиня?

"¡Silencio! ¡Silencio!", dijo el Conejo

«Тише! Тише!» — сказал Кролик

"Está condenada a muerte"

«Она приговорена к смертной казни»

—¿Por qué la ejecutan? —preguntó Alicia

"За что ее казнят?" - спросила Алиса

—Le ha rayado las orejas a la reina —empezó a decir el
conejo—

— Она поцарапала королеве уши, — начал кролик

—gritó la Reina con voz de trueno—

— закричала королева громовым голосом

"¡Vayan a sus lugares!"

«Идите по своим местам!»

Y la gente empezó a correr en todas direcciones

и люди начали бегать во все стороны

y todos tropezaron unos con otros

и все они навалились друг на друга

Sin embargo, se calmaron en uno o dos minutos

Тем не менее, они успокоились через минуту или две

Y entonces comenzó el juego

И тут началась игра

Alicia nunca había visto un campo de croquet tan curioso

Алиса никогда не видела такой любопытной площадки
для крокета

La hierba era todo crestas y surcos

Трава была сплошь в гребнях и бороздах
**Las bolas de croquet eran erizos de verdad**
Крокетные шары были настоящими ежами
**y los mazos eran flamencos de verdad**
А молотки были настоящими фламинго
**Y los soldados se pusieron de pie sobre sus manos y sus pies**
и воины стояли на руках и ногах
**porque los arcos estaban hechos de sus cuerpos**
потому что арки были сделаны из их тел
**Todos los jugadores jugaron a la vez**
Все игроки играли одновременно
**Nadie esperó su turno**
Никто не ждал своей очереди
**y todos se peleaban con todos**
и все со всеми переругались
**y todos luchaban por los erizos**
и все дрались за ежей
**Pronto la reina se vio presa de una furiosa pasión**
Вскоре королева пришла в бешеную страсть
**Y empezó a patalear y a gritar**
И она начала топать ногами и кричать
**"¡Córtale la cabeza!"**
«Отрубите ему голову!»
**"¡Córtale la cabeza!"**
«Отрубите ей голову!»
**"¡Córtale la cabeza a todos!"**
«Отрубите им все головы!»
**De nuevo Alicia pensó para sí misma**
И снова Алиса подумала про себя
**"Son terriblemente aficionados a decapitar a la gente aquí"**
«Здесь ужасно любят обезглавливать людей»
**"¡La gran maravilla es que quede alguien vivo!"**
«Великое чудо в том, что кто-то остался в живых!»
**Buscaba alguna vía de escape**
Она искала какой-нибудь способ сбежать
**Notó una curiosa apariencia en el aire**
Она заметила любопытное появление в воздухе

«Es el gato de Cheshire», se dijo a sí misma

«Это чеширский кот», — сказала она себе

"Ahora tendré a alguien con quien hablar"

— Теперь мне будет с кем поговорить.

—¿Cómo te va? —preguntó el gato

"Как у тебя дела?" - спросил кот

—No creo que jueguen nada limpio —dijo Alicia—

«Я не думаю, что они играют честно», — сказала Элис

Y tenía un tono bastante quejumbroso

и у нее был довольно жалобный тон

"Todos se pelean tan terriblemente"

«Они все так ужасно ссорятся»

"Uno no se oye hablar"

«Человек не слышит своей речи»

"Y no parecen jugar con ninguna regla"

"И они, похоже, не играют ни по каким правилам"

el gato le hizo una pregunta a Alicia en voz baja

Кошка вполголоса задала вопрос Алисе

—¿Qué te parece la reina?

— Как тебе королева?

—No me gusta nada —dijo Alicia—

— Она мне совсем не нравится, — сказала Алиса

**Alicia pensó que sería mejor que volviera**

Алиса подумала, что с таким же успехом она могла бы вернуться

**Quería ver cómo iba el partido**

Она хотела посмотреть, как идет игра

**Se fue en busca de su erizo**

Она отправилась на поиски своего ежа

**El erizo estaba ocupado luchando contra otro erizo**

Ежик был занят борьбой с другим ежом

**Esta fue una excelente oportunidad**

Это была отличная возможность

**Podía hacer croquet a un erizo con el otro**

Она могла крокет одного ежа с помощью другого

**Pero su flamenco estaba al otro lado del jardín**

Но ее фламинго был на другой стороне сада

**El flamenco era bastante torpe**

Фламинго был довольно неуклюжим

**Su flamenco intentaba volar hacia un árbol**

Ее фламинго пытался взлететь на дерево

**Atrapó al flamenco por la pierna**

Она схватила фламинго за ногу

**Y guardó el flamenco bajo el brazo**

И она спрятала фламинго под мышку

**De esa manera, el flamenco no pudo escapar de nuevo**

Таким образом, фламинго больше не сможет сбежать

**Justo en ese momento Alicia se encontró con la duquesa**

Как раз в этот момент Алиса случайно познакомилась с герцогиней

**La duquesa ya había salido de la cárcel**

Герцогиня вышла из тюрьмы

**Metió cariñosamente su brazo bajo el brazo de Alicia**

Она нежно подложила руку под руку Алисы

**Y luego se fueron juntos**

А потом они ушли вместе

**Alicia se alegró mucho de encontrarla de tan buen humor**

Алиса была очень рада застать ее в таком приятном расположении духа

**Sin embargo, estaba un poco asustada**
Однако она была немного поражена
**Oyó la voz de la duquesa cerca de su oído**
Она слышала голос герцогини близко к своему уху
**"Estás pensando en algo, querida"**
«Ты о чем-то думаешь, моя дорогая»
**"Y eso hace que te olvides de hablar"**
«И из-за этого ты забываешь говорить»
**—El juego va bastante mejor ahora —dijo Alicia—**
"Игра теперь идет гораздо лучше", - сказала Алиса
**Era una forma de mantener la conversación**
Это был один из способов поддержать разговор
**-Así es -dijo la duquesa-**
— Это действительно так, — сказала герцогиня
**"Y la moraleja de eso es esta:"**
— И мораль этого такова:
**"¡Es el amor el que lo hace todo!"**
«Это любовь, которая делает все!»
**"El amor es lo que hace que el mundo gire"**
«Любовь – это то, что заставляет мир вращаться»
**Alicia tenía otra explicación**
У Алисы было другое объяснение
**"¡Lo hace todo el mundo ocupándose de sus propios asuntos!"**
«Это делает каждый, кто занимается своим делом!»
**—¡Ah, bueno! Podrías tener razón"**
— Ну, ну! Возможно, вы правы»
**-Todo significa lo mismo -dijo la duquesa-**
— Все это означает одно и то же, — сказала герцогиня
**y hundió su afilada barbilla en el hombro de Alicia**
и она уткнулась своим острым маленьким подбородком в плечо Алисы
**"Y la moraleja de eso es esta"**
«И мораль этого такова»
**"Cuida el sentido"**
«Позаботьтесь о чувствах»
**"Y entonces los sonidos se encargarán de sí mismos"**

"И тогда звуки позаботятся о себе сами"
**Pero entonces el brazo de la duquesa empezó a temblar**
Но тут рука герцогини задрожала
**Alicia alzó la vista y allí estaba la reina**
Алиса подняла голову и увидела королеву
**La reina tenía los brazos cruzados**
Королева сложила руки на груди
**¡Y ella fruncía el ceño como una tormenta eléctrica!**
И она хмурилась, как гроза!
**—Te advierto —gritó la reina—**
— Честно предупреждаю, — закричала королева
**Y pisoteó el suelo mientras hablaba**
и она топала по земле, пока говорила
**"O tu cabeza o la suya deben estar cortadas"**
«Либо твоя голова, либо ей голова должна быть оторвана»
**"¡Toma tu decisión!"**
«Выбирай сам!»
**"Y ser rápido al respecto"**
«И поторопитесь»
**La duquesa hizo su elección**
Герцогиня сделала свой выбор
**Y al cabo de un instante la duquesa se fue**
И через мгновение герцогиня исчезла
**Entonces la reina le habló a Alicia**
Затем королева обратилась к Алисе
**"Sigamos con el juego"**
«Давай продолжим игру»
**Alicia estaba demasiado asustada para decir una palabra**
Алиса была слишком напугана, чтобы сказать хоть слово
**Y la siguió lentamente hasta el campo de croquet**
И она медленно последовала за ней обратно на крокетную площадку
**Todo el tiempo la Reina se peleó con los otros jugadores**
Все это время ферзь ссорился с другими игроками
**"¡Córtale la cabeza!"**
«Отрубите ему голову!»
**"¡Córtale la cabeza!"**

«Отрубите ей голову!»
**"¡Córtale la cabeza a todos!"**
«Отрубите им все головы!»
**Pronto todos los jugadores estaban bajo custodia**
Вскоре все футболисты оказались под стражей
**solo quedaron el rey, la reina y Alicia**
остались только король, королева и Алиса
**Entonces la reina se marchó, casi sin aliento**
Затем королева ушла, совершенно запыхавшись
**y se fue con Alicia**
и она ушла с Алисой
**Alicia oyó que el rey decía algo en voz baja**
Алиса услышала, как король что-то тихо сказал
**"Estáis todos perdonados"**
«Вы все прощены»
**Pero de repente se oyó otro grito**
Но вдруг раздался еще один крик
**"¡El juicio está comenzando!"**
«Суд начинается!»
**y Alicia corrió con los demás**
и Алиса побежала вместе с остальными

**¿Quién robó las tartas?**

Кто украл пирожные?

**El rey y la reina de corazones estaban sentados**

Король и королева червей сидели

**estaban en su trono cuando llegó Alicia**

они были на своем троне, когда появилась Алиса

**Había una gran multitud reunida a su alrededor**

Вокруг них собралась огромная толпа

**Había todo tipo de pajaritos y bestias**

там были всякие мелкие птички и звери

**Y allí estaba toda la baraja de cartas**

И там была целая колода карт

**La sota estaba de pie frente a ellos, encadenada**

Плут стоял перед ними, закованный в цепи

**y había un soldado a cada lado para custodiarlo**

и с каждой стороны было по солдатам, чтобы охранять его

**cerca del Rey estaba el conejo blanco**

рядом с королем был белый кролик

**Tenía una trompeta en una mano**

В одной руке у него была труба

**y tenía un rollo de pergamino en la otra mano**

а в другой руке у него был свиток пергамента

**En el centro del patio había una mesa**

В самом центре двора стоял стол

**Sobre la mesa había un gran plato de tartas**

На столе стояло большое блюдо с пирогами

**«Ojalá hicieran el juicio», pensó Alicia**

"Жаль, что они не довели дело до суда", - подумала Алиса

**—¡Entonces podríamos comer algunos de esos refrescos!**

«Тогда мы могли бы съесть немного этих угощений!»

**El juez, por cierto, era el rey**

Судьей, кстати, был король

**y llevaba su corona sobre su gran peluca**

и он носил свою корону поверх своего большого парика

**«Ésa es la tribuna del jurado», pensó Alicia**

"Вот это ложа присяжных", - подумала Алиса

**"Y esas doce criaturas, supongo que son los miembros del jurado"**

— И эти двенадцать созданий, полагаю, они и есть присяжные.

**algunos eran animales y otros eran pájaros**

некоторые из них были животными, а некоторые птицами

**En ese momento el conejo blanco gritó**

В этот момент белый кролик закричал

**"¡Silencio en la corte!"**

«Тишина в суде!»

**"¡Heraldo, lee la acusación!", dijo el rey**

"Герольд, прочтите обвинение!" - сказал король

**El Conejo Blanco tocó tres veces la trompeta**

Белый Кролик трижды подул в трубу

**Luego desenrolló el rollo de pergamino**

Затем он развернул пергаментный свиток

**Y leyó lo siguiente:**

И он прочитал следующее:

**"La reina de corazones, hizo unas tartas"**

«Королева червей, она приготовила несколько пирогов».

**"Todo esto lo hizo en un día de verano"**

«Все это она сделала в летний день»

**"La sota de los corazones, robó esas tartas"**

«Мошенник червей, он украл эти пироги»

**—¡Y se llevó esas tartas muy lejos!**

«И он унес эти пироги далеко!»

**—Llama al primer testigo —dijo el rey—**

«Позовите первого свидетеля», — сказал король

**y el conejo blanco tocó tres veces la trompeta**

И Белый Кролик трижды трубил в трубу

**"¡Traigan al primer testigo!", gritó**

«Приведите первого свидетеля!» — крикнул он

**El primer testigo fue el sombrerero**

Первым свидетелем был шляпник

**Entró con una taza de té en una mano**

Он вошел с чашкой в одной руке

**Y tenía un pedazo de pan con mantequilla en la otra mano**

а в другой руке у него был кусок хлеба с маслом

**—Tendrías que haber terminado —dijo el rey—**

— Вы должны были закончить, — сказал король

**—¿Cuándo empezaste?**

— Когда вы начали?

**El sombrerero miró a la liebre de marcha**

Шляпник посмотрел на походного зайца

**La Liebre de Marzo lo había seguido hasta el patio**

Мартовский заяц последовал за ним во двор

**Había caminado del brazo del lirón**

Он шел рука об руку с соней

**—El catorce de marzo, creo que fue —dijo—**

«Кажется, это было четырнадцатое марта», — сказал он

**—Da tu testimonio —dijo el rey—**

"Дайте свои показания, - сказал король

**"Y no te pongas nervioso, o te haré ejecutar en el acto"**

«И не нервничай, а то я прикажу казнить тебя на месте»

**Esto no pareció animar en absoluto al testigo**

Это, казалось, нисколько не воодушевило свидетеля

**Seguía moviéndose de un pie al otro**

Он то и дело переминался с ноги на ногу

**Y miró inquieto a la reina**

И он с беспокойством посмотрел на королеву

**Y, en su confusión, mordió un gran trozo de su taza de té**

и в смущении он откусил большой кусок от своей чашки

**En realidad, tenía la intención de morder de su pan y mantequilla**

На самом деле он хотел откусить кусок от своего хлеба с маслом

**Justo en ese momento, Alicia sintió una sensación muy curiosa**

Как раз в этот момент Алиса почувствовала очень любопытное ощущение

**Empezaba a crecer de nuevo**

Она снова начала расти

**Al miserable sombrerero se le cayó la taza de té**

Несчастный шляпник выронил свою чашку

**y el pan y la mantequilla cayeron al suelo**

и хлеб с маслом упал на землю

**Y cayó sobre una rodilla**

И он опустился на одно колено

**—Soy un pobre hombre, majestad —comenzó—**

— Я бедный человек, ваше величество, — начал он

**—Eres un orador muy malo —dijo el rey—**

— Вы очень плохо говорите, — сказал король

**—Puedes irte —dijo el rey—**

"Ты можешь идти, - сказал король

**Y el sombrerero abandonó apresuradamente el patio**

И шляпник поспешно покинул двор

**—¡Llama al próximo testigo! —dijo el rey—**

"Позовите следующего свидетеля!" - сказал король

**El siguiente testigo fue el cocinero de la duquesa**

Следующим свидетелем была кухарка герцогини

**Llevaba la caja de pimienta en la mano**

В руке она держала пепперницу

**Y la gente que estaba cerca de la puerta empezó a estornudar de repente**

И люди у двери вдруг начали чихать

**—Da tu testimonio —dijo el rey—**

"Дайте свои показания, - сказал король

**-No daré ninguna prueba -dijo el cocinero-**

— Я не дам никаких показаний, — сказала кухарка

**El rey miró ansiosamente al conejo blanco**

Король с тревогой посмотрел на белого кролика

**Y el conejo blanco habló en voz baja**

И белый кролик заговорил тихим голосом

**"Su Majestad debe interrogar a este testigo"**

«Ваше Величество должно подвергнуть перекрестному допросу этого свидетеля»

**"Bueno, si debo, debo", dijo el rey**

«Ну, если я должен, я должен», — сказал король

**"¿De qué están hechas las tartas?"**

«Из чего делают пироги?»

**—Las tartas están hechas de pimienta, en su mayoría —dijo el cocinero—**

«Пироги в основном из перца», — сказал повар

**Durante algunos minutos, toda la corte estuvo en confusión**

В течение нескольких минут весь двор пребывал в смятении

**Con el tiempo, todos se calmaron de nuevo**

В конце концов они все снова успокоились

**Pero para entonces el cocinero había desaparecido**

Но к тому времени повар исчез

**"¡No importa!", dijo el rey**

"Ничего!" - сказал король

**"Llamar al estrado al próximo testigo"**

«Вызовите к трибуне следующего свидетеля»

**Alicia observó al conejo blanco mientras él repasaba a**

**tientas la lista**
Алиса наблюдала за белым кроликом, пока он шарил над списком
**Puedes imaginar su sorpresa por lo que escuchó a continuación**
Вы можете представить себе ее удивление от того, что она услышала дальше
**con su vocecita estridente, llamó el nombre de «¡Alicia!»**
Во весь голос он выкрикнул имя: «Алиса!»

## La evidencia de Alicia

Доказательства Алисы

-¡Aquí! -exclamó Alicia-

"Сюда!" - закричала Алиса

**Se levantó de un salto a toda prisa**

Она вскочила в большой спешке

**Y volcó el estrado del jurado**

и она опрокинула ложу присяжных

**y derribó a todos los miembros del jurado**

и она опрокинула всех присяжных заседателей

**y cayeron sobre las cabezas de la muchedumbre de abajo**

и они падали на головы толпы внизу

**Alicia estaba muy consternada**

Алиса была в сильном смятении

**"¡Oh, le ruego que me perdone!", exclamó**

"О, прошу прощения!" - воскликнула она

**—El juicio no puede continuar —dijo el rey—**

- Суд не может продолжаться, - сказал король

**"Los miembros del jurado deben volver a ocupar su lugar"**

«Присяжные должны вернуться на свои места»

**Repitió la orden con gran énfasis**

Он повторил приказ с большим акцентом

**y miró a Alicia con severidad**

и он строго посмотрел на Алису

**—¿Qué sabe usted de estos acontecimientos? —preguntó el rey a Alicia**

"Что ты знаешь об этих событиях?" - спросил король у Алисы

**—No sé nada sobre el tema —dijo Alicia—**

- Я ничего не знаю по этому поводу, - сказала Алиса

**Entonces el rey leyó de su libro**

Затем король прочитал отрывок из своей книги

**"Regla cuarenta y dos"**

«Правило сорок два»

**"Todas las personas que tengan más de una milla de altura deben abandonar el tribunal"**

«Все лица, находящиеся на высоте более мили, должны

покинуть двор»
**—No mido ni una milla de altura —dijo Alicia—**
— Я не выше мили, — сказала Алиса
**—Casi dos millas de altura —dijo la Reina—**
«Почти две мили высотой», — сказала королева

**—Bueno, me niego a ir —dijo Alicia—**
- Ну, я отказываюсь идти, - сказала Алиса
**El rey palideció**
Король побледнел
**Y cerró apresuradamente su cuaderno de notas**
и он поспешно закрыл свою записную книжку
**"Consideren su veredicto", le dijo al jurado**
«Обдумайте свой вердикт», — сказал он присяжным
**Habló en voz baja y temblorosa**
Он говорил низким, дрожащим голосом
**Entonces habló el conejo blanco**
Тогда заговорил белый кролик
**"Todavía hay más pruebas por venir"**
«Еще больше доказательств впереди»
**Y se levantó de un salto a toda prisa**

И он вскочил в большой спешке
**"Este papel acaba de ser recogido"**
"Эту бумагу только что подхватили"
**"Parece ser una carta escrita por el prisionero"**
«Кажется, это письмо, написанное заключенным»
**Desdobló el papel mientras hablaba**
Говоря это, он разворачивал бумагу
**"Al fin y al cabo, no es una carta"**
— В конце концов, это не письмо.
**"Lo que era era un conjunto de versos"**
«То, что это было, было набором стихов»
**—Por favor, majestad —dijo el bribón—**
— Пожалуйста, ваше величество, — сказал плут
**"Yo no escribí esos versos"**
«Не я писал эти стихи»
**"y no pueden probar que yo escribí nada"**
"и они не могут доказать, что я что-то написал"
**"No hay ningún nombre firmado al final"**
«В конце нет подписи имени»
**El rey le habló a la sota**
Король обратился к мошеннику
**"Debes haber tenido la intención de causar algún daño"**
«Ты, должно быть, хотел причинить какой-то вред»
**"De lo contrario, habrías firmado con tu nombre como un hombre honrado"**
«Иначе вы бы подписались как честный человек»
**Hubo un aplauso general**
Раздались общие хлопки в ладоши
**Y el rey se volvió hacia el conejo blanco**
И король повернулся к белому кролику
**—Lee los versos —ordenó—**
— Читай стихи, — приказал он
**Hubo un silencio sepulcral en la corte**
Во дворе воцарилась мертвая тишина
**Y el conejo blanco leyó los versos**
И белый кролик прочитал стихи
**Me dijeron que habías estado con ella**

Они сказали мне, что ты был у нее

**Y me mencionaron a él**

И они упомянули обо мне ему

**Ella me dio un buen carácter**

Она дала мне хороший характер

**Pero ella dijo que yo no sabía nadar**

Но она сказала, что я не умею плавать

**Les mandó decir que yo no había ido**

Он сообщил им, что я не поехал

**Sabemos que es verdad**

Мы знаем, что это правда

**Si ella insistiera en el asunto, ¿qué sería de ti?**

Если она будет настаивать на этом, что станет с вами?

**Yo le di uno, ellos le dieron dos**

Я дал ей одну, они дали ему две

**Nos diste tres o más**

Вы дали нам три или больше

**Todos volvieron de él a ti**

Все они вернулись от него к вам

**aunque antes eran míos**

хотя раньше они были моими

**Si yo o ella tuviéramos la oportunidad de serlo**

Если мне или ей случится быть

**Si yo o ella estuviéramos involucrados en este asunto**

Если бы я или она были вовлечены в это дело

**Él confía en ti para liberarlos**

Он доверяет вам в том, что вы освободите их

**Exactamente como estábamos**

Точно такими же, какими мы были

**Mi idea era que tú habías sido**

Я думал, что вы были

**Antes de que ella tuviera este ataque**

До того, как у нее случился этот припадок

**Un obstáculo que se interpuso entre**

Препятствие, которое оказалось между

**A Él, y a nosotros mismos, y a**

Он, и мы сами, и оно

**No le dejes saber que a ella le gustaban más**

Не говорите ему, что они ей понравились больше всего

**Porque esto debe ser para siempre un secreto, guardado de todos los demás**

Ибо это должно быть навсегда тайной, хранимой от всего остального

**Este secreto debe seguir siendo un secreto entre tú y yo**

Эта тайна должна остаться тайной между тобой и мной

**El rey quedó muy impresionado**

Король был очень впечатлен

**"Esa es la prueba más importante que hemos escuchado hasta ahora"**

«Это самое важное доказательство, которое мы когда-либо слышали»

**—No creo que esos versos tengan un átomo de significado — objetó Alicia—**

— Я не верю, что в этих стихах есть хоть капля смысла, — возразила Алиса

**el rey tenía su propia opinión al respecto**

у короля было свое мнение по этому поводу

**"Si no hay significado en esas palabras, eso salva un mundo de problemas"**

«Если в этих словах нет смысла, это спасает мир неприятностей»

**"Entonces no necesitamos tratar de encontrar el significado"**

«Тогда нам не нужно пытаться найти смысл»

**"Que el jurado considere su veredicto"**

«Пусть присяжные обдумают свой вердикт»

**-¡No, no! -dijo la reina-**

"Нет, нет!" - сказала королева

**"Primero la sentencia y después el veredicto"**

«Сначала вынесение приговора, а потом приговор»

**-¡Tonterías y tonterías! -exclamó Alicia en voz alta-**

"Чепуха и чепуха!" - громко сказала Алиса

**"¡Qué tontería es sentenciar al acusado primero!"**

«Как глупо выносить приговор подсудимому первым!»

**—¡Cállate la lengua! —dijo la reina, poniéndose morada—**

"Попридержи язык!" - сказала королева, побагровев

**-¡No me callaré! -exclamó Alicia-**

- Я не буду держать язык за зубами, - сказала Алиса

**—gritó la Reina a voz en cuello—**

Королева закричала во весь голос

**"¡Córtale la cabeza!"**

«Отруби ей голову!»

**Nadie hizo un movimiento**

Никто не сделал движения

**-¿A quién le importa lo que digas? -dijo Alicia-**

"Какая разница, что ты говоришь?" - сказала Алиса

**Para entonces ya había crecido hasta alcanzar su tamaño completo**

К этому времени она уже выросла до своего полного роста

**"¡No eres más que un mazo de cartas!"**

«Ты всего лишь колода карт!»

**Al oír esto, todas las cartas se alzaron en el aire**

При этом все карты поднялись в воздух

**Y todas las cartas cayeron volando sobre ella**

и все карты полетели на нее
**Ella dio un pequeño grito**
Она слегка вскрикнула
**Estaba medio asustada, pero también enojada**
Она была наполовину напугана, но и зла
**Y trató de quitarse las cartas de encima**
И она попыталась отбить у себя карты
**Y entonces se encontró tendida en el banco de hierba**
А потом обнаружила, что лежит на травяном берегу
**Su cabeza estaba en el regazo de su hermana**
Ее голова лежала на коленях сестры
**Algunas hojas muertas habían caído en su cara**
Несколько опавших листьев упали ей на лицо
**Y su hermana estaba cepillando suavemente las hojas**
а ее сестра осторожно смахивала листья
**-¡Despierta, querida Alicia! -dijo su hermana-**
"Проснись, Алиса, дорогая!" - сказала ее сестра
**—¡Qué sueño tan largo has tenido!**
«Как долго ты спал!»
**-¡Oh, he tenido un sueño tan curioso! -exclamó Alicia-**
"О, мне приснился такой странный сон!" - сказала Алиса
**Y le contó a su hermana todo lo que podía recordar**
И она рассказала сестре все, что помнила
**todas las extrañas aventuras sobre las que acabas de leer**
Все те странные приключения, о которых вы только что читали
**Alicia se levantó y salió corriendo**
Алиса встала и побежала прочь
**Y pensó, mientras corría, en su sueño**
И пока бежала, она думала о своем сне
**—¡Qué sueño tan maravilloso había sido!**
«Какой это был чудесный сон!»